Christa Schütt über sich:

»Ernsthaft zu reiten begann ich mit sechzehn Jahren, wobei ich zunächst mehr neben als auf dem Pferd saß. Mit neunzehn begann ich zu schreiben. Das erste Honorar war der erste Hufnagel, sprich Grundstein zu einem eigenen Pferd, das ich bald darauf erwerben konnte ...«
Das Hobby zum Beruf zu machen, davon träumen viele Reiter. Dass so ein »Leben mit Pferden« oft ganz anders aussieht als das Wunschbild und im Alltag zahlreiche Probleme mit sich bringt, das weiß Christa Schütt aus eigener Erfahrung: Mittlerweile lebt sie mit ihren drei Pferden und mehreren Pensionspferden als freie Schriftstellerin in der Lüneburger Heide. Vom Isländer bis zum Hannoveraner sind alle »Größen« vertreten.

Zahlreiche Bücher von ihr sind bei Ensslin erschienen, unter anderem die Pferdeerzählungen »Das Trio mit dem Pferdetick«, »Highlife im Offenstall« und »Pferd in Sicht«.

Christa Schütt

Bleib im Sattel, Conni!

ENSSLIN

Neuauflage 2003

Ensslin-Anschrift: Harretstraße 6, 72800 Eningen

Coverfoto: ZEFA
Gesamtherstellung: Westermann, Braunschweig
Printed in Germany
ISBN 3-401-45120-0

Eine aufregende Neuigkeit

Die Hufe des schwarzen Hengstes trommelten auf den Boden. Tief über den Pferdehals gebeugt saß die junge Reiterin auf seinem blanken Rücken. Mit lauten Rufen trieb sie ihr Tier zu immer schnellerem Lauf an. Die flatternde Mähne peitschte ihr Gesicht, aber das Mädchen lachte. Sie hatte nur eines im Sinn: Die Verfolgung des Pferdes vor ihr.

Es war schön und schnell und sie wollte es haben.

»Vorwärts, mein Schwarzer!«

Das verfolgte Pferd, eine schneeweiße Stute, hörte den Ruf und steigerte verzweifelt sein Tempo. Mit allen Kräften versuchte es dem gewaltigen Hengst und seiner unerschrockenen Reiterin zu entkommen. Aber es war nicht zu schaffen. Wie ein Pfeil jagte der Hengst heran. Triumphierend lachte das Mädchen auf, die Hand mit dem Lasso flog hoch, ihre Lippen formten sich zu einem wilden Schrei …

»Ja, Cornelia? Wolltest du etwas sagen?«

»Mensch, Conni, du bist gemeint!«, zischte eine warnende Stimme. Ein Ellenbogen bohrte sich schmerzhaft

in Cornelias Seite. Jäh aus ihren Träumen gerissen, fuhr Conni auf. Den Arm hatte sie noch immer halb erhoben, aber das Lasso war fort. Fort, wie der schwarze Hengst unter und die weiße Stute vor ihr.
»Was …«, flüsterte sie erschrocken.
»Willst du sagen, dass du dich gemeldet hast, ohne die Absicht, etwas zu sagen?« Die Stimme der Lehrerin klang gefährlich leise, wie immer, wenn sie sich ärgerte. »Wenn du den Kasper spielen willst, dann nicht in der Schule und schon gar nicht während meiner Stunde!«
Frau Benz war allerhand von ihren Schülern gewöhnt. Dass sich aber jemand wie wild meldete, um dann, wenn er aufgerufen wurde, nur entsetzt zu gucken und wirres Zeug zu stammeln, das ging ihr entschieden über die Hutschnur.
Conni war noch immer verwirrt. Sie konnte sich nicht so schnell aus ihrem Traum lösen. Sie wusste nur, dass sie sich in einer äußerst verzwickten Lage befand, dass es eine Eintragung ins Klassenbuch oder Schlimmeres gab – wenn nicht ein Wunder geschah.
Das Wunder geschah tatsächlich. Es klopfte. Das Klopfen unterbrach Frau Benz, die eben zu einer gehörigen Standpauke ansetzen wollte.
Sie warf Conni noch einen entrüsteten Blick zu, dann rief sie unwillig: »Herein!«
Erleichtert ließ sich Conni auf ihren Sitz fallen. Das war ja noch einmal glimpflich abgegangen! Gott schütze ihren unbekannten Retter! Fast hörbar atmete sie auf.
Der Retter war ein etwa vierzehnjähriges Mädchen, das

mit festen Schritten den Klassenraum betrat und ohne zu zögern auf die Lehrerin zuging.
»Guten Tag. Ich heiße Andrea Schubert und soll mich bei Ihnen melden. Ich bin neu in der Klasse.«
Frau Benz passte sich der veränderten Situation in Sekundenschnelle an. Ihr eben noch zorniges Gesicht glättete sich und sie lächelte der Neuen freundlich entgegen.
»So, du bist also die Andrea. Herr Martens hat dich schon angekündigt. Herzlich willkommen in meiner Klasse, Kind. Ich hoffe, du wirst dich bei uns wohl fühlen und im Unterricht gut mitkommen.«
»Das hoffe ich auch«, sagte Andrea unbefangen. »Soll ich Ihnen die Angaben für das Klassenbuch machen?«
»Du kennst dich ja gut aus!« Die Lehrerin musste unwillkürlich lachen. »Hast du denn schon öfter die Schule gewechselt?«
Andrea nickte. »In den letzten drei Jahren viermal«, sagte sie düster. »Ein Vergnügen war das nicht.«
»Das kann ich mir denken«, stimmte Frau Benz freundlich zu. »Was ist denn dein Vater von Beruf, dass ihr so häufig umziehen müsst?«
Diese Frage hatte Andrea befürchtet.
Nun hatte sie mit Sicherheit in der nächsten Pause einen Schwarm Mitschüler um sich herum, die von heute auf morgen ihre besten Freunde waren. So war es immer. In jeder neuen Klasse.
»Reitlehrer ist er«, sagte sie leise, aber natürlich nützte es gar nichts zu flüstern.
»So, Reitlehrer«, wiederholte die Lehrerin. »Nun, das ist

mit Sicherheit ein schöner Beruf. Pferde sind doch etwas Wunderbares.«
Nun hatte es auch der Letzte im Raum gehört. Zweiundzwanzig Augenpaare starrten wie elektrisiert nach vorn. Zweiundzwanzig Jungen und Mädchen beschlossen in derselben Sekunde, reiten zu lernen. Es war genau, wie Andrea befürchtet hatte. Plötzlich hatte sie zweiundzwanzig beste Freunde.
Mensch, Reitlehrer!, dachte Conni hingerissen. Wenn das kein Glücksfall war! Wo sie doch immer vom Reiten und von Pferden träumte.
Während Frau Benz Andreas Namen und Adresse ins Klassenbuch eintrug, war Conni mit ihren Gedanken schon wieder auf Wanderschaft.
Auf einem wunderschönen Pferd ritt sie auf dem Turnierplatz ein. Rings um sie her wurde es totenstill, als sie ihrem Hengst die Sporen in die Flanken drückte und auf die mächtigen Sprünge losritt. Mühelos flogen sie darüber hin, das Pferd und sie. Beifall brandete auf, als sie schließlich als Siegerin durch das Ziel ritt. Der Ansager musste sich mit einer Glocke Gehör verschaffen, so begeistert waren die Zuschauer.
»Conni, Pause!«
Erneut landete ein Rippenstoß in Connis Seite. »Hast du das Läuten nicht gehört?«
Conni sprang auf und wollte sofort zu Andreas Platz in der ersten Reihe, als sie sah, dass dieser leer und die neue Mitschülerin von den Klassenkameraden dicht umlagert war. Es hatte nicht viel Zweck, sich dazwischenzudrän-

gen. Wahrscheinlich war es viel besser, noch ein paar Tage zu warten, bis die Neugier der anderen abgeklungen war. Bei den meisten war das Interesse doch nur ein Strohfeuer, das ebenso schnell verglühte, wie es aufgeflackert war.
Conni beschloss, sich noch einige Zeit zu gedulden.
Ob sie nun eine Woche früher oder später reiten lernte, war ziemlich egal. Lange genug hatte sie ganz ohne Pferde auskommen müssen. Aber lernen würde sie es, das Reiten! So viel stand fest! Und als ob Conni ihren stummen Entschluss bekräftigen wollte, biss sie nachdrücklich in ihr Pausenbrot.

Andrea stand mitten unter ihren neuen Mitschülern und wünschte sich weit, weit fort. Sie hasste dieses allgemeine Interesse, das eigentlich dem Beruf ihres Vaters galt. Aber sie musste es durchstehen. Aus Erfahrung wusste sie, dass sie umso eher ihre Ruhe hatte, je gründlicher sie die Neugier ihrer Mitschüler befriedigte. So lange musste sie wohl oder übel Rede und Antwort stehen.
Die Fragen prasselten von allen Seiten auf sie herein.
»Habt ihr auch Pferde?«
»Wie viele Pferde habt ihr?«
»Kann man bei euch reiten lernen?«
»Was kostet eine Reitstunde?«
»Wo liegt der Reitstall?«
»Dauert es lange, bis man reiten kann?«
Keiner ließ den anderen richtig zu Wort kommen. Andrea schüttelte den Kopf und hob beide Hände.

»Wenn ihr mal eine Minute ruhig seid, kann ich vielleicht auch etwas sagen.«
Als der Lärm verstummte, fuhr sie fort. »Also: Natürlich haben wir Pferde, aber Unterricht kann mein Vater erst im nächsten Monat geben. Wir sind doch gerade hergezogen. Bis wir so weit sind, dass mein Vater Reitschüler annehmen kann, vergehen noch zwei bis drei Wochen. Aber ich verspreche euch, dass ihr sofort Bescheid bekommt, wenn es losgeht. Zufrieden?«
»Müssen wir ja wohl sein«, sagte Petra, Connis Banknachbarin, seufzend. »Aber wehe dir, wir sind nicht die Ersten, die es erfahren, wenn man sich bei euch auf den Pferderücken schwingen kann.«
Die Umstehenden lachten. Sie wären zwar genau wie Petra am liebsten noch am selben Tag in die Reitschule gefahren, aber wenn man doch nicht reiten konnte, hatte es keinen Zweck.
Die Pferde nur anzuschauen war irgendwie nicht das Richtige. Wenn schon, denn schon!, dachten die meisten und beschlossen, zu Hause einmal vorzufühlen, wie die elterliche Einstellung zu dem neuen Plan war.
Eine Reitstunde war bestimmt mindestens so teuer wie Nachhilfe in Mathe.
So kam es, dass es in zweiundzwanzig Familien der Stadt nur ein Gesprächsthema gab: die Neue, Pferde und die Reiterei.

Conni schlenderte wie immer zusammen mit ihrer Nebensitzerin Petra, die in derselben Straße wohnte wie sie, nach Hause. Die Mädchen waren nicht eigentlich befreundet, jedenfalls sah man sie in der Freizeit fast nie zusammen. Nur der gleiche Schulweg und derselbe Tisch im Klassenzimmer hatten ein Gefühl der Zusammengehörigkeit geschaffen. Sonst hatten die beiden nicht viel gemeinsam.

Petra war temperamentvoll, Conni verträumt. Petra stand mit beiden Beinen fest auf dem Boden der Tatsachen und konnte so sachlich und ungerührt sein, dass Conni geradezu in Wut geriet. Dafür aber konnte sie sich hundertprozentig darauf verlassen, dass Petra in kritischen Augenblicken zur Stelle war und sie aus ihren Träumen aufweckte – wie am heutigen Vormittag.

»Woran hast du eigentlich in der Schule gedacht?«, erkundigte sich Petra. »Gemeldet hast du dich, als hinge deine Seligkeit davon ab, sofort dranzukommen.«

»Ach, nichts Besonderes«, murmelte Conni.

Petra grinste viel sagend. »Du hast doch bestimmt wieder wilde Pferde gezähmt.«

»Was du immer gleich denkst«, entgegnete Conni und wich dem Blick der Banknachbarin aus.

Petra ließ sich nicht so leicht täuschen. »Gib es nur zu«, forderte sie Conni auf. »Ich erzähle es schon nicht weiter. Im Übrigen brennt augenblicklich jeder Einzelne in der Klasse darauf, reiten zu lernen. Da bist du weiß Gott keine Ausnahme mehr.«

»Du auch?«

»Na klar! Glaubst du, ich lasse mir so eine Möglichkeit entgehen? Hoffentlich ist der Spaß nicht zu teuer.« Petra

seufzte. »Aber das Schlimmste ist, dass ich mich noch drei Wochen in Geduld fassen muss.«
»Warum denn? Wovon redest du?«
»Du hast schon wieder gepennt!« Petra schüttelte erstaunt den Kopf. »Hast du wirklich nicht gehört, was die Neue gesagt hat? Ihr Vater kann noch keinen Unterricht geben, weil sie mit dem Umzug nicht fertig sind. Sicher haben sie noch gar keine Halle oder so was.«
»Aha!«, sagte Conni. Augenblicklich hatte sie ihren Entschluss gefasst. Noch heute Nachmittag würde sie zur Reitschule fahren. Bestimmt ließ es sich irgendwie einrichten, dass sie schon jetzt Unterricht bekam. Es gab immer und überall Ausnahmen. Die anderen sollten nur schön brav zu Hause bleiben. Wenn sie dann in drei Wochen in der Reitschule antanzten, würde sie, Conni, bereits über die Hürden fegen, dass ihre Klassenkameraden vor Neid erblassen mussten. So schwer konnte die Sache eigentlich nicht sein.
In den Büchern, die sie so gerne las, lernten es die Kinder doch auch immer im Handumdrehen. Und wenn Conni das Springen im Fernsehen oder auf den Turnierplätzen verfolgt hatte, war ihr das Reiten auch wirklich nicht allzu schwierig erschienen.
Petra war noch beim Thema. »Drei Wochen«, maulte sie vor sich hin.
»Ich glaube, ich halte das nicht aus. Ich fahre einfach eher hin. Und wenn ich nur über den Zaun linse!«
»Würd ich nicht machen«, warnte Conni, die ihren eigenen Plan gefährdet sah. »Vielleicht werden sie sauer.«

»Du magst Recht haben«, gab Petra zu. »Ich kann mir ja vorstellen, dass sie jetzt keine Neugierigen brauchen können. Aber drei Wochen sind so entsetzlich lang.«
»Wolltest du nicht sowieso in den Pfingstferien verreisen?«, lenkte Conni ab.
Petra schlug sich mit der Hand vor die Stirn. »Mensch, natürlich! Wir fahren doch nach Westerland. Du, das habe ich total vergessen. Wenn wir wiederkommen, sind die drei Wochen ja schon um.«
Conni lächelte vor sich hin. An die Ferien, die vor der Tür standen, hatte sie im ersten Augenblick auch nicht gedacht. Sie kamen wie gerufen, denn eines war sicher: Verreisen würde sie nicht.

Conni schnuppert Pferdeluft

So rasch wie an diesem Tag war Conni schon lange nicht mit ihren Hausaufgaben fertig geworden. Die Wohnzimmeruhr schlug halb drei, als das Mädchen hastig Bücher und Hefte zusammenpackte.
Sie vertauschte ihre helle Stoffhose mit alten, ausgeblichenen Jeans und nahm im Vorübergehen ihren Parka vom Garderobenhaken. Conni hatte sich den Anorak von ihrem eigenen, mühsam zusammengesparten Geld gekauft. Sehr zum Ärger der Mutter, die das formlose, schlecht sitzende Kleidungsstück am liebsten weggeworfen hätte. Sie nörgelte jedes Mal, wenn Conni den Parka anzog.

Sie war der Ansicht, dass »man mit so was doch nicht auf die Straße gehen kann«.
Heute brauchte sich das Mädchen keine Gedanken zu machen, dass sie in ihrer Aufmachung Ärger erregen würde. Seit ein paar Tagen arbeitete die Mutter wieder. Zweimal im Jahr, wenn in den Baumschulen der Versand einsetzte, half Frau Braun in ihrer alten Firma im Büro aus. Conni liebte diese Zeiten gar nicht, weil ein Teil der Hausarbeit an ihr hängen blieb.
Aber an einem Tag wie diesem war sie froh, dass niemand unangenehme Fragen stellte.
Conni holte ihr Rad aus der Garage und fuhr pfeifend auf die Straße hinaus.
Sie wusste, ohne jemanden fragen zu müssen, wo die neue Reitschule zu finden war. Es gab in der ganzen Umgebung nur ein Grundstück, das für einen Reitschulbetrieb geeignet war. Es handelte sich um einen ziemlich verwahrlosten Bauernhof am Stadtrand, der schon seit Jahren nicht mehr bewohnt und bewirtschaftet wurde. Dort war reichlich Platz und außerdem gab es Ställe und Weiden für die Pferde.
Nicht weit vom Hof entfernt begann der Wald; zum Teil gehörte er sogar noch dazu. Es war eine herrliche Gegend für Geländespiele. Bestimmt ließ es sich hier auch wunderbar reiten.
Conni geriet schon wieder ins Träumen. Wie lange es wohl dauern würde, bis sie hoch zu Ross durch den Wald streifen durfte? Als sie den Hof erreichte, kehrte sie mit einem Schlag in die Wirklichkeit zurück. Sie war ganz

kribbelig vor Spannung und Neugier. Doch als Conni vor der breiten Einfahrt stand und in den Hof spähte, sank ihr Mut. Was würde Andrea sagen? Vielleicht war sie doch nicht so willkommen? Sollte sie wieder umkehren? Sie beschloss, sich das Gelände erst einmal von außen anzusehen. Das konnte ihr schließlich niemand verbieten.
Sie ließ ihr Fahrrad in den Straßengraben gleiten, damit es nicht gleich für jedermann sichtbar war. Einen Schlüssel hatte sie nicht bei sich. Sie hatte bei ihrem hastigen Aufbruch an anderes gedacht.
Conni schlenderte langsam die staubige Straße entlang. An dieser Seite wurde der Hof von einer meterhohen Mauer aus Feldsteinen begrenzt, die von einer dicken Moosschicht überzogen waren. Aus allen Ritzen und Spalten wuchs das Unkraut. Hinter der Mauer, wo früher ein gepflegter Garten gewesen war, glich das Grundstück einem dichten Dschungel. Bis zum Wohnhaus hin wucherte das Gestrüpp. Das Haus selbst befand sich in einem traurigen Zustand. Überall war die Farbe von den Wänden abgeblättert. Was früher einmal strahlend weiß gewesen war, hatte sich in schmutziges Grau verwandelt. Das Holz des Fachwerks war rissig und spröde. Auf den Fensterrahmen waren kaum noch Spuren von Lack zu erkennen. Die Scheiben waren blind.
Am Ende der Steinmauer zweigte ein schmaler Feldweg von der Landstraße ab. Er führte an der Westseite des Hofes entlang, schlängelte sich durch die Wiesen zum nahen Wald. Es war ein schöner Weg.

Als Conni weiterging, lächelte sie vor sich hin. An diesen Weg erinnerte sie sich gut. Von hier aus gelangte man ohne Schwierigkeiten in den Obstgarten mit den dicht verzweigten alten Bäumen.
Es war noch gar nicht so lange her, da hatte sie hier, gemeinsam mit anderen Kindern, Äpfel, Birnen und Pflaumen geklaut.
Ein alter, rostiger Stacheldraht war das einzige Hindernis gewesen, sofern man überhaupt von einem Hindernis sprechen konnte.
Dieser Obstgarten war für sie immer das Interessanteste an dem Hof gewesen.
Denn wenn er auch schon lange unbewohnt war – die Früchte reiften jeden Sommer. So ungestört und unbeobachtet wie hier hatte Conni sich nirgends gefühlt. In friedvoller Stille, verlockende Kirschen vor der Nase, hatte sie ihrer Phantasie freien Lauf gelassen. Hier hatte Conni zum ersten Mal vom Reiten geträumt.
Ob sich der Garten verändert hatte? Conni setzte einen Fuß auf den Draht, um sich hinüberzuschwingen. Doch mitten in der Bewegung hielt sie inne.
Nur ein paar Schritte von ihr entfernt, von Büschen halb verdeckt, grasten friedlich drei Pferde: ein braunes und zwei weiße. Sie hatten die Köpfe tief ins Gras gesenkt, das ihnen, lange nicht mehr gemäht, bis an die Bäuche reichte. Sie ließen sich nicht stören. Nur die Ohren zuckten hin und wieder, als ob sie alle Geräusche einfangen wollten. Von Zeit zu Zeit stampfte eines der Tiere mit dem Huf.

»Pferde«, flüsterte Conni hingerissen und starrte entzückt auf die Tiere. »Richtige Pferde!« Beinahe wäre sie in den Stacheldrahtzaun gefallen.
Warum sie so überrascht war, wusste sie selbst nicht, aber bis zu diesem Augenblick war sie nicht ganz sicher gewesen, ob Andrea nicht vielleicht …
Doch nun waren alle Zweifel beseitigt. Andrea hatte nicht geschwindelt. Ihr Vater besaß tatsächlich Pferde. Sicher stimmte auch alles andere, was sie in der Schule erzählt hatte: dass er Reitlehrer war und Unterricht gab – und dass man bei ihm reiten lernen konnte.
Conni wandte keinen Blick von den weidenden Pferden, die von der Zuschauerin nicht im Geringsten beeindruckt zu sein schienen.
Sie sehen so friedlich aus, dachte Conni liebevoll, so rundherum zufrieden.
Ob sie sich streicheln ließen? Brennend gern wäre sie über den Zaun gestiegen, aber eine unbestimmte Scheu hielt sie zurück. Sie mochte das Idyll nicht stören. Sie wagte nicht einmal sich zu bewegen. Zwei Minuten später war sie froh, den Obstgarten nicht betreten zu haben.
Vom Haus her kam ein Junge auf die Pferde zu. Er war klein und schmächtig, trotzdem wirkte er nicht schwächlich. Unter einem zerrauften dunkelblonden Haarschopf hatte er ein vergnügtes Gesicht voller Sommersprossen. Während er sich den Pferden näherte, pfiff er laut und falsch vor sich hin.
Die Pferde schienen den Jungen zu kennen. Beim ersten Ton hoben sie die Köpfe.

Einer der Schimmel schnaubte leise und bewegte sich gemächlich auf den Jungen zu.
»Komm her, Lona, komm!«, lockte der Junge mit einer tiefen Stimme, die gar nicht zu seiner schmalen Gestalt passte. Er hielt dem Tier ein ledernes Halfter entgegen und ganz von selbst steckte der Schimmel den Kopf hinein. Er hielt still, bis der Junge – er war höchstens elf Jahre alt – die Schnalle geschlossen hatte. Dann trottete das große Pferd brav neben ihm her. Die beiden anderen Tiere folgten ohne Halfter und Leine. Gleich darauf waren sie durch die Büsche verschwunden.
Conni hatte die Szene atemlos verfolgt. Dass es so etwas gab! Dass Pferde so sein konnten, so zutraulich! Nicht einmal in ihren kühnsten Träumen hatte Conni sich so eine Vertrautheit zwischen Mensch und Pferd ausgemalt. Diesen Jungen musste sie kennen lernen.
Unbedingt und sofort!
Sie lief am Zaun entlang zurück zur Straße, überzeugte sich mit einem schnellen Blick, dass ihr Rad noch da war, und näherte sich dann dem Tor. Ängstlich spähte sie zwischen den rostigen Eisenstäben hindurch in den Hof. Kein Mensch war zu sehen. Auch der Junge mit den Pferden schien vom Erdboden verschluckt zu sein. Ein unbehagliches Gefühl beschlich das Mädchen. Sehr einladend sah es hier ja nicht aus, fand Conni.
Plötzlich hörte sie ein Pferd wiehern. »Dussel, die sind natürlich im Stall«, sagte sie zu sich selbst.
Conni führte oft Selbstgespräche. Das kam wohl daher, dass sie als Einzelkind aufgewachsen und häufig allein

gewesen war. Irgendwann hatte sie angefangen, sich selbst zu antworten, wenn niemand in der Nähe war, mit dem sie reden konnte.

Ob die Pferde wirklich im Stall waren?

Connis Neugier war jetzt stärker als ihr Unbehagen und ihre Hemmung, ungebeten den fremden Hof zu betreten. Sie drückte das Tor auf und schlüpfte hindurch. Dann ließ sie es sachte wieder ins Schloss gleiten.

Der Hof war in keinem besseren Zustand als das Wohnhaus. Laub und Gerümpel, alte Kisten, Latten und zerbrochene Stühle lagen herum. Nur der Weg vom Obstgarten zum Pferdestall war sauber.

Langsam und etwas zögernd ging Conni auf den Stall zu. Als sie nur noch ein paar Schritte entfernt war, hörte sie wieder die tiefe Jungenstimme.

Ihre Vermutung traf also zu, denn wo der Junge war, mussten auch die Pferde sein.

Conni machte ein paar rasche Schritte und stand dann im Halbschatten der offenen Stalltür. Ohne selbst gesehen zu werden, konnte sie jetzt alles beobachten, was auf der Tenne vor sich ging.

Der Junge hatte eines der Pferde mit einem Strick an einem in die Wand eingelassenen eisernen Ring angebunden. In der Hand hielt er Striegel und Kardätsche, mit denen er abwechselnd hantierte.

Conni, die seit Jahren jedes erreichbare Pferdebuch verschlang, erkannte das Putzzeug sofort. Sie hatte gelesen, dass man mit dem Striegel den festen Schmutz aus dem Fell löst, und wusste auch, dass man hinterher mit der

Kardätsche die Haare glättet. Nur, wie man das machte, war ihr bis jetzt nie so recht klar geworden.
Während der Junge die Kardätsche mit gleichmäßigen Bewegungen über das Fell gleiten ließ, murmelte er halblaut vor sich hin. Conni nickte. Auch das wusste sie schon lange, dass man mit Pferden viel sprechen sollte. Aber als sie genauer hinhörte, glaubte sie ihren Ohren nicht zu trauen. Was der Junge da vor sich hin murmelte, waren englische Vokabeln. Fast hätte sie gelacht. Dass man Pferde putzen und gleichzeitig lernen konnte, wäre ihr nicht im Traum eingefallen! In den Pferdebüchern war das Putzen immer so etwas wie eine heilige Handlung, erinnerte sich Conni.
»He, Lona, lass das!«, sagte der Junge plötzlich scharf. Er zog dem Pferd das Ende des Stricks aus dem Maul. »Wie oft habe ich dir schon gesagt, du sollst das Tau in Frieden lassen, du Kamel. Ja, guck mich nur groß an!« Er hob die Hand. Doch gerade als Conni erschrocken dachte: Jetzt schlägt er das Pferd, fuhr er dem Tier nur zärtlich über die Nüstern. »Bist ja doch meine Beste«, flüsterte er.
Dann nahm er seine Arbeit wieder auf. Das Mädchen an der Tür bemerkte er nicht.
Conni beobachtete aufmerksam jede seiner Bewegungen. Ein Leben lang, jedenfalls solange sie denken konnte, hatte sie davon geträumt: von einem Pferd, das sie reiten durfte. Das man anfassen, streicheln und pflegen konnte.
»Darf ich es auch mal versuchen?«

Conni war von ihrem plötzlichen Mut selbst überrascht. Sie hatte kaum gemerkt, dass sie ihren Beobachtungsposten verlassen hatte.
Ehe sie recht wusste, stand sie neben dem Jungen, der sie ohne Erstaunen musterte.
Bittend streckte Conni die Hand aus. »Lass es mich probieren, ja? Ich habe noch nie ein Pferd geputzt.« Die ganze Sehnsucht ihrer Träume lag in Connis Stimme.
Schweigend reichte ihr der Junge das Putzzeug. Conni nahm Striegel und Kardätsche in die Hände, wie sie es bei ihm gesehen hatte, und blickte dann ein wenig unschlüssig auf das Pferd.
Sie fühlte, wie ihr Mut sank. In ihren Träumen waren die Pferde nie so groß gewesen.
Der Junge bemerkte ihre Unentschlossenheit und grinste verständnisvoll.
»Geh ruhig ran«, sagte er. »Die Lona tut dir nichts. Das ist eine ganz Brave.«
Er zeigte Conni, wie man mit dem Putzzeug umgehen muss, um dem Pferd nicht wehzutun.
Er tat es mit freundlicher Überlegenheit, die Conni zu jedem anderen Zeitpunkt maßlos geärgert und gereizt hätte. Aber jetzt achtete sie überhaupt nicht darauf.
Sie hörte ihm zu und hatte genug damit zu tun, alles in sich aufzunehmen, was der Junge ihr erklärte.
»Fühl mal, wie dick das Fell an manchen Stellen ist«, sagte er und führte Connis Hand. »Das kommt daher, dass Lona im Fellwechsel ist …«
»Wieso Fellwechsel?«

»Na, das Winterfell ist doch viel dicker als das Sommerfell. Jetzt im Frühjahr fallen die alten Haare aus. In ein paar Wochen ist Lona überall blank und glatt. Dann schimmert ihr Fell wie poliert. Du wirst schon sehen!«
Conni nickte. In ein paar Wochen, hatte er gesagt.
In ein paar Wochen würde sie alles über Pferde wissen, bestimmt!
»Du, träum nicht«, kam die freundlich-ungeduldige Aufforderung ihres neuen Freundes. »Wenn du putzt, darfst du nicht schlafen. Sonst hat dein Pferd dich plötzlich an die Wand gequetscht.«
Conni erschrak. Ohne es zu merken, war sie dem bedächtig herumtretenden Pferd immer weiter ausgewichen und stand inzwischen mit dem Rücken fast an der rauen Stallwand.
»Was soll ich denn jetzt machen?«, fragte sie hilflos und verängstigt.
Der Junge grinste gutmütig. »Drück ihr die Hand ein bisschen gegen den Bauch und sag: Geh rum«, empfahl er dem Mädchen.
Conni raffte ihren ganzen Mut zusammen und stemmte sich gegen den Pferdeleib.
Ihr »Geh rum« klang zwar ein bisschen ängstlich, aber Lona gehorchte trotzdem sofort.
Sie war wirklich ein braves, folgsames Pferd.
»Mensch, du musst doch mit dem Strich striegeln!«, tadelte der Junge, als Conni von neuem zu putzen begann.
Verwirrt hielt sie inne. »Mit was für 'nem Strich?«
»Mit dem Haarstrich natürlich!« Der Junge schüttelte

den Kopf über so viel Unwissenheit. »Und geh bloß nie mit dem Striegel ins Gesicht oder an die Beine. Das mögen Pferde nicht«, fügte er noch hinzu und ließ Conni nicht aus den Augen.
Die Warnung kam gerade noch rechtzeitig. Erschrocken zog das Mädchen die Hand zurück.
»Aber da am Bein ist Lona noch schmutzig«, wandte sie ein. »Wie soll ich das wegkriegen?« Es war alles viel schwieriger, als sie gedacht hatte.
»Mit der Bürste, die neben dir im Korb liegt. Und wenn es damit nicht geht, nimmst du eben einen nassen Schwamm.«
Conni nickte. Sie wollte sich Mühe geben. Sie würde es schon noch lernen.
Entschlossen machte sie sich wieder an die Arbeit. Sie stellte sich gar nicht ungeschickt an. Zaghaft zuerst, dann immer sicherer, putzte sie das geduldige Pferd. Bald hatte sie das Gefühl, als hätte sie nie etwas anderes getan als Pferde gebürstet. Weder der Junge noch das Pferd kamen ihr fremd vor. Die Angst war weg.
»Bist du der Bruder von Andrea?«, fragte sie plötzlich, ohne die Arbeit zu unterbrechen.
»Ja, ich heiße Jens. Andi ist heute nicht da. Bist du in ihrer Klasse?«
»Genau.« Conni sah den Jungen an und lachte verlegen. »Sie hat übrigens keine Ahnung, dass ich hier bin. In der Klasse hat sie nämlich gesagt, wir sollten erst nach den Ferien kommen, weil ihr hier noch ganz im Einrichten steckt.«

»Typisch Andi. Anstatt ein paar vernünftige Leute mitzubringen, die uns helfen, macht sie lieber alles allein. Und ich kann natürlich entsprechend schuften«, schimpfte der Junge. »Wir könnten gut noch ’n paar Mann brauchen!«
»Meinst du, ich könnte mich nützlich machen?« Conni witterte ihre Chance. Fragen konnte sie ja. Dieser Jens war ansprechbar.
»Bestimmt.« Jens nickte nachdrücklich. »Versuch mal mit Andi zu reden. Schließlich gehst du mit ihr in eine Klasse, nicht mit mir. Wenn sie dich mitbringt, protestiert auch unser Alter nicht. Andi hat ’ne dicke Nummer bei ihm.«
Conni musste leise lachen. Es klang zu komisch, wie Jens so selbstverständlich »unser Alter« sagte, wenn er von seinem Vater sprach.
»Wenn Andi nicht mit sich reden lässt, komm morgen Nachmittag einfach wieder in den Obstgarten«, sagte Jens, als Conni sich wenig später verabschiedete, nachdem sie gemeinsam das Pferd in die Box geführt hatten. »Irgendwie schleuse ich dich hier schon ein«, versprach er großmütig.
Jens gefiel das Mädchen, das da so unvermutet in den Stall geschneit war, ausgesprochen gut. Obwohl sie älter war als er, war sie längst nicht so rechthaberisch und von oben herab wie seine großen Geschwister, von denen er meist gehörig gegängelt wurde. Für die war er immer nur »das Küken«.
»Ich bring dir alles über Pferde bei, was du wissen

willst«, versprach er. »Ich versteh nämlich 'ne ganze Menge davon.«
»Das habe ich gemerkt. Hoffentlich behalte ich alles, was du mir erzählt hast.« Conni lachte und streckte dem Jungen die Hand hin. »Bis morgen also.« Dann verschwand sie so ungesehen, wie sie gekommen war.

»Cornelia, wo um alles in der Welt bist du gewesen?« Frau Braun empfing ihre Tochter schon an der Wohnungstür, so böse war sie. Vor einer halben Stunde war sie von der Arbeit nach Hause gekommen, hatte sich auf eine gemütliche Kaffeestunde gefreut – und was war? Aufräumen hatte sie müssen, weil das Fräulein Tochter wieder einmal vergessen hatte, ihren Teil der Hausarbeit zu erledigen.
»Du hast aber auch keinen Handgriff getan, Conni! Der Abwasch steht noch genauso da wie heute Morgen. Nicht einmal die Betten hast du gemacht!«
»Entschuldige, Mutti.« Conni schob sich an der Mutter vorbei in den Flur.
Frau Braun hob schnuppernd die Nase.
»Wonach riechst du? Und wie siehst du überhaupt wieder aus?«, fragte sie.
»Wieso?« Conni sah an sich hinunter und musste trotz der ungemütlichen Situation lachen. Ihr Parka war über und über mit kleinen weißen Haaren bedeckt. »Das ist von Lona. Die fusselt jetzt, weißt du«, erklärte sie.
»Bitte?« Frau Braun konnte mit dieser knappen Antwort wenig anfangen.

Conni, die das Gefühl hatte, etwas gutmachen zu müssen, bequemte sich zu einer etwas ausführlicheren Erklärung.

»Lona ist ein Pferd, ein Schimmel. Eine ganz liebe, süße Stute«, berichtete sie begeistert. »Und weil Pferde im Frühjahr ihr Winterfell verlieren, haart sie so. Ich habe sie nämlich geputzt«, fügte sie stolz hinzu.

»Wo gibt es denn hier Pferde?«, fragte die Mutter überrascht. »Davon habe ich ja noch nie etwas gehört.«

»Kannst du auch nicht. Der Stall ist noch gar nicht geöffnet. Aber die Tochter von diesem Reitlehrer ist seit heute in meiner Klasse. Da bin ich eben am Nachmittag schnell hingefahren und habe mir einmal den Laden angesehen.«

»Mal eben schnell ist gut.« Frau Braun schüttelte den Kopf. »Jetzt wird mir manches klar.«

Sie seufzte resigniert. Wenn Conni das Wort Pferde nur hörte, gab es für sie kein Halten mehr. Dann vergaß sie alles, was auch immer es war. Auf jeden Fall die Betten und den Abwasch.

Conni witterte einen Stimmungsumschwung zu ihren Gunsten und umarmte die Mutter. Sie war selig. Die Mutter musste sie verstehen.

»Verstehst du, dass ich das Aufräumen vorhin total vergessen habe?«

»Für heute sei dir verziehen«, sagte die Mutter. Die Strenge war aus ihrer Stimme verschwunden und um die Augen herum zeigten sich die feinen Lachfältchen, die Conni so gern an ihr sah.

Jetzt tat es ihr wirklich Leid, dass die Mutter sich über sie geärgert hatte. Im Allgemeinen verstanden sie sich nämlich prächtig. Vielleicht lag das daran, dass sie ein bisschen aufeinander angewiesen waren. Herr Braun war Kapitän und viel seltener zu Hause, als Conni es sich wünschte. Früher, als die Oma noch lebte, war die Mutter häufig bei Vater an Bord gewesen und hatte ihn auf seinen Seereisen begleitet.
Aber nun ging es eben nicht mehr, weil niemand da war, der Conni versorgen konnte.
Conni sah die Mutter von der Seite an. »Würdest du gern wieder mit Vati zur See fahren?«, fragte sie aus ihren Gedanken heraus.
Frau Braun zog das Mädchen an sich. »Natürlich möchte ich das, Conni. Aber du musst nicht denken, dass ich traurig bin, wenn ich bei dir bleibe. Höchstens, wenn ich mich über dich anhaltend ärgere. Am schönsten wäre es, wenn Vater öfter bei uns sein und dir klarmachen könnte, wie hässlich diese Jacke ist.«
Sie lachten beide und dann berichtete Conni in allen Einzelheiten von ihrem Besuch in der Reitschule und ihrem neuen Freund Jens.

Eine Freundschaft bahnt sich an

Am nächsten Morgen fuhr Conni zeitiger als sonst zur Schule. Sie baute sich vor dem Tor auf und wartete ungeduldig auf die neue Mitschülerin.

Endlich, kurz vor dem Klingeln, bog Andrea atemlos um die Ecke.
»Ich dachte schon, du kommst überhaupt nicht mehr«, platzte Conni erleichtert heraus. »Ich muss dich unbedingt sprechen, Andrea!«
»Hat das nicht Zeit bis nachher?« Andrea schob ihr Fahrrad durch den Strom der Schüler zum Ständer und schloss es an. Conni stellte ihr Rad daneben.
»Wenn du nach dem Unterricht fünf Minuten Zeit hast? Von den anderen braucht nämlich niemand zu sehen, dass wir uns treffen. Es ist für mich nur furchtbar wichtig. Lebenswichtig«, fügte sie sicherheitshalber hinzu.
»Für dich vielleicht, für mich wohl kaum.« Andrea zuckte gelangweilt die Schultern. Sie konnte sich nur zu gut vorstellen, was das Mädchen, dessen Namen sie nicht einmal kannte, von ihr wollte.
Es war immer dasselbe, wo sie auch hinkam.
Sie wollte sich abwenden, aber als sie Connis bittende Augen sah, gab sie nach. »Also gut, aber ich habe höchstens fünf Minuten Zeit.« Ihre letzten Worte gingen im Klingeln der Schulglocke unter.
Conni atmete auf, während sie neben der Neuen über den Hof hastete. Besser ein unfreundliches »Ja« als ein noch so liebenswürdiges »Nein«, fand sie. Wenn Andrea auch nicht besonders nett zu sein schien, die Hauptsache war, sie hörte sie erst einmal an. Wenn die Neue dann merkte, dass Conni wirklich helfen und sich nützlich machen wollte, würde sie schon freundlicher werden. Davon war Conni fest überzeugt.

Der Unterricht zog sich für Conni an diesem Vormittag wieder einmal in die Länge wie Gummi. Mehr als einmal musste Petra ihre Nachbarin mit einem warnenden Rippenstoß in die Wirklichkeit zurückholen. Connis Reitkünste nahmen mit jeder Stunde zu und als der Vormittag endlich überstanden war, hatte sie vollständig vergessen, wie groß und beängstigend ihr gestern noch Pferde vorgekommen waren. Sie war bereit, sich mutig auf den Rücken eines wilden Mustangs zu schwingen.
»Also, was wolltest du mir sagen? Schieß los, ich habe es eilig.« Andrea hatte schon einen Fuß auf dem Pedal ihres Rades. Conni merkte, dass es keinen Zweck hatte, lange herumzureden.
»Nimm mich mit zu euren Pferden«, stieß sie ohne Einleitung hervor. »Ihr könnt sicher jemanden gebrauchen, der ein bisschen hilft. Ich kann eine ganze Menge.«
Andreas Augen blitzten spöttisch auf. »Was kannst du denn? Hast du schon einmal einen Stall ausgemistet? Hast du jemals Hufe aufgehalten zum Beschlagen? Weißt du, wie man Zöpfe flicht? Kannst du Schweife waschen? Stroh abladen? Futter mischen? Putzen?«
Conni schüttelte verwirrt den Kopf. Von all dem begriff sie nur die Hälfte. Sie begriff nicht, warum die Neue so böse war, so verständnislos. Wenn man die blitzenden Augen sah, konnte einem angst und bange werden.
»Woher willst du überhaupt wissen, dass wir Hilfe brauchen?«, fuhr Andrea fort. »Glaubst du, dass wir auf Leute wie dich angewiesen sind? Du willst wahrscheinlich bloß umsonst reiten!«

»Das ist nicht wahr!« Conni schoss das Blut in die Wangen. Damit hatte sie nicht gerechnet. Das war eine glatte Gemeinheit!
Sie holte Luft zu einer entsprechenden Antwort, als ihr klar wurde, dass sie damit alle Chancen zunichte machte. Sie unterdrückte die Wut und sagte, so ruhig sie konnte: »Ich meine es ganz ernst, Andrea. Zugegeben, ich habe keine Ahnung von Pferden, aber ich kenne den Hof von früher. Ich war oft draußen und weiß ganz gut, wie es jetzt bei euch aussieht. Ich kann mich bestimmt nützlich machen. Und wenn ich nur den Rasen mähe, Zäune anstreiche oder aufräumen helfe.«
Andrea sah Conni prüfend an. Plötzlich verzog sich ihr unfreundliches Gesicht zu einem Lächeln. »Jedenfalls lässt du dich so leicht nicht einschüchtern«, sagte sie fast lustig und doch boshaft. »Also komm, wenn du unbedingt willst. Wir wohnen Lindenallee sieben. Ich warte um drei Uhr an der Einfahrt. Aber ich warte höchstens zehn Minuten.«
Sie grüßte kurz und radelte davon.
Conni blickte ihr mit gemischten Gefühlen nach. Sie wusste nicht, sollte sie sich freuen, dass sie in die Reitschule kommen durfte? Sie entschied sich dafür, die Sache mit Humor zu betrachten. Andrea war wirklich etwas merkwürdig, unfreundlich und beinahe hochmütig. Aber vielleicht war ihr Vater, der Reitlehrer, in seiner Art mehr wie Jens. Jens hatte ihr gut gefallen.
Heute war Conni, die nie viel Sorgfalt auf ihre Hausaufgaben verwandte, noch schneller fertig als gewöhnlich –

oder besser gesagt, sie war nicht fertig, aber das kümmerte sie wenig. Um halb drei legte sie die Schulsachen beiseite und verließ die Wohnung.

Andrea hockte mit angezogenen Beinen auf einem der steinernen Pfeiler der Einfahrt und dachte nach. Ob diese Cornelia wirklich kommen würde?
Wenn nicht, war sie eben auch nicht besser als all die anderen, die beim Anblick eines Pferdes entzückt »O wie süß!« schrien und albern kicherten – und vor Angst, sich ein bisschen schmutzig zu machen, nicht näher als drei Meter an ein Tier herangingen.
Andrea blies verächtlich die Luft durch die Nase. Wie oft sie das schon erlebt hatte bei diesen eingebildeten Lümmeln, die sich Reitschüler nannten!
Sie schaute auf die Uhr. Fünf Minuten vor drei. Sieben Minuten blieben dieser Neuen noch. Andrea schlug die Arme um die Knie.
Sieben Minuten, keine mehr. Punkt drei Uhr tauchte Conni am Ende der Straße auf. Schon von weitem hob sie den Arm und winkte heftig.
»Bin ich zu spät?«, erkundigte sie sich atemlos, als sie ihr Rad so vor Andrea abbremste, dass das Hinterrad herumschleuderte. »Entschuldige, ich hatte einen Platten und musste erst noch pumpen.«
»Ist schon gut.« Andrea sprang von ihrem Sitz. Irgendwie fühlte sie sich erleichtert, dass Conni Wort gehalten hatte. »Aber es ist gut, dass du kommst. Ein paar Minuten habe ich noch Zeit. Dann muss ich wieder beim Auf-

räumen helfen.« Sie ging Conni voran über den Hof. »Hier kannst du dein Rad abstellen, dann ist es aus dem Weg.«

Sie zeigte auf einen schmalen Platz zwischen Stall und Misthaufen und grinste anzüglich. »Dann riecht deine Karre nachher besonders gut.«

Conni ließ sich nicht verblüffen. »Daran muss ich mich ja sowieso gewöhnen.« Ohne mit der Wimper zu zucken schob sie ihr Rad an dem dampfenden Misthaufen vorbei und lehnte es gegen die Wand.

Andrea, die Connis Mienenspiel aus den Augenwinkeln beobachtet hatte, nickte zufrieden. Vielleicht war dieses Mädchen doch anders, als sie zunächst angenommen hatte. Ernsthafter und netter.

»Komm, ich zeige dir unsere Pferde«, schlug sie vor.

Conni spitzte die Ohren. Das klang doch freundlicher als am Vormittag.

Oder täuschte sie sich?

Fünf Pferde standen in den Boxen. Andrea führte Conni von einem zum anderen und nannte jedes beim Namen. Aufmerksam wandten sich ihr die Pferdeköpfe zu. Der Schimmel, den Conni schon kannte, wieherte und schien sich über Andreas Anwesenheit zu freuen.

Conni staunte. »Die kennen dich ja richtig!«

Andrea lachte überlegen. »Natürlich kennen die mich! Immerhin beschäftige ich mich jeden Tag mit ihnen. Putzen, reiten, füttern – irgendwas ist immer zu tun. Alles kann mein Vater natürlich nicht alleine machen.« Sie gingen zurück auf den Hof, wo sie einem jungen Mann

in die Arme liefen, der mit Riesenschritten über den Hof kam. Als er die Mädchen entdeckte, blieb er stehen. Seine Miene verriet, dass er wütend war. Conni blieb unwillkürlich einen Schritt hinter Andrea zurück.
»Andi, wo zum Teufel steckst du eigentlich?«, rief er erregt. »Wir müssen heute noch das Gerümpel fortschaffen, das weißt du. Hilf uns und lauf nicht sinnlos in der Gegend herum. Die Arbeit muss gemacht werden!«
»Spiel nicht den starken Mann, Alf«, antwortete Andrea schnippisch. »Wie du siehst, habe ich Besuch.«
»Sag nur noch, du willst jetzt einen Kaffeeklatsch abhalten!«, sagte Alf wütend. »Hast du noch alle Tassen im Schrank? Mach, dass du an die Arbeit kommst!«
»Ach, halt die Klappe!« Andrea zog Conni mit sich fort. Conni wunderte sich. Solche Töne waren ihr neu.
»Dieser sympathische Mensch ist Alf, mein zweitältester Bruder.« Andrea lachte. »Du brauchst keine Angst vor ihm zu haben. Eigentlich ist er ganz nett. Nur wenn er sich über unseren Vater geärgert hat, geht man ihm besser aus dem Weg. Die beiden verstehen sich nicht besonders gut. Es gibt häufig Reibereien.«
»Hast du noch mehr Geschwister?«, fragte Conni sehr interessiert.
»Ja, im Ganzen sind wir vier. Gert, Alf, dann ich und unser Küken, Jens.«
»Wohnt ihr alle bei den Eltern?« Conni wurde immer neugieriger auf Andreas Familie.
Andrea nickte.
»Gert hat gerade seine Lehre abgeschlossen und bleibt

ein paar Monate hier, um Vater zu helfen. Er ist Mechaniker. Alf ist bis zum Sommer mit der Schule fertig. Wahrscheinlich wird er dann auch auf dem Hof mitarbeiten. Vater möchte, dass Alf Reitlehrer wird, wie er selbst. Aber ich glaube nicht, dass Alf da mitspielt. Er reitet zwar besser als wir anderen zusammen, aber längst nicht so gern.«

»Gibt es so was?« Conni wunderte sich. Kaum zu glauben, dass jemand einen Stall voller Pferde vor der Nase hatte und keine Lust verspürte, sie zu reiten.

»Alf ist eben so.« Andrea zuckte mit den Schultern. »Er hat zwar Vaters Begabung, nicht aber seine Begeisterung geerbt. Ich bin sicher, dass er seine Zukunftspläne längst fix und fertig hat. Er spricht nur nicht darüber.« Andrea machte eine nachdenkliche Pause. »Ich glaube«, sagte sie dann mit gedämpfter Stimme, »Alf wartet nur darauf, dass er achtzehn wird, damit er abhauen kann.« Plötzlich merkte Andrea, dass das Gespräch zu privat wurde. Sie kannte Conni erst seit einem Tag. Aber das Mädchen hatte so aufmerksam zugehört, dass sie weitergeredet hatte, ganz im Gegensatz zu ihrer sonstigen Zurückhaltung. Ärgerlich über sich selbst, funkelte Andrea Conni unfreundlich an.

Sie nahm Conni ihre eigene Redseligkeit übel.

»Wenn du auch nur ein Sterbenswörtchen davon weitererzählst …«, warnte Andrea.

»Ich bin keine Klatschbase«, gab Conni kurz zurück. Sie erwiderte Andreas scharfen Blick, ohne zu zucken.

Einen Augenblick lang starrten sich die beiden Mädchen

böse an. Dann begannen sie wie auf Kommando zu lachen. Der Bann war gebrochen, der Frieden wiederhergestellt.
»Schon gut«, sagte Andrea. »Nimm es mir nicht übel. Weißt du, wir haben durch die Reitschule so wenig Privatleben, dass wir es gar nicht mögen, wenn jemand darin herumschnüffelt.«
»Ich verstehe.« Conni nickte, obgleich sie gar nichts verstand. Solche Probleme kannte sie nicht. Zu Hause gab es nur sie, die Mutter und manchmal, wenn er gerade nicht an Bord seines Schiffes war, den Vater.
Mittlerweile hatten sie den Platz erreicht, wo mit Ausnahme der Mutter die ganze Familie dabei war, den Hof vom Gerümpel zu räumen. Herr Schubert blickte auf, als die Mädchen näher kamen.
»Na, Andi, hast du Hilfe mitgebracht?«, fragte er, sichtlich bester Laune.
»Klar!« Conni strahlte den Reitlehrer ganz unbefangen an. »Ich möchte mich bei Ihnen sehr gern nützlich machen, wenn ich darf.«
»Fein! Helfer können wir immer brauchen. Fangt vielleicht mal da drüben an.« Er deutete in eine Ecke, wo zerbrochene Fensterrahmen, morsches Holz und altes Stroh lagerten. »Schafft die Sachen zum Lastwagen. Gert und Jens stapeln sie dann auf.«
Mit Feuereifer gingen die Mädchen an die Arbeit. Andrea war von klein auf daran gewöhnt, mit anzupacken, aber Conni spürte schon nach einer halben Stunde ihr Kreuz und ihre Hände. Andrea hörte sie leise stöhnen.

»Willst du aufhören?«, fragte sie ein bisschen spöttisch. »Du musst ja nicht helfen. Aber wenn du hilfst, dann ohne Murren!«
Conni nickte stumm und biss die Zähne zusammen. Schlappmachen? Gab es gar nicht!
Als Herr Schubert gegen sechs Uhr meinte, die Mädchen sollten Schluss machen und sich um das Abendbrot kümmern, war Conni erschöpft und müde. Andrea nickte ihr anerkennend zu.
»Du warst eine echte Hilfe«, sagte sie ehrlich. »Ich hätte nicht gedacht, dass du durchhalten würdest. Ich weiß, es ist eine grässliche Plackerei und du bist es nicht gewöhnt. Für uns ist das Aufräumen furchtbar wichtig, darum beeilen wir uns so. Je eher hier alles in Ordnung ist, desto früher kann mein Vater mit dem Unterricht anfangen.«
»Verstehe ich.« Conni verbiss ein Stöhnen, als sie sich aufrichtete. »Ich komme morgen wieder. Und wenn ich auf Krücken gehen muss!«
Die beiden Mädchen sahen sich an. Hungrig, dreckig und müde standen sie sich gegenüber.
Andrea streckte die Hand aus.
»Klar, dass du kommst.« In ihrer Stimme war nicht der leiseste Zweifel.
Sie grinste Conni an und Conni lachte zurück. Ein Händedruck besiegelte ihre Freundschaft.
Später saßen sie alle zusammen auf einem Bretterstapel und bissen mit gesundem Appetit in die Brote, welche die Mädchen eilig gestrichen hatten. Jens blinzelte Con-

ni über sein Schinkenbrot hinweg zu. Er hatte mit keinem Wort verraten, dass Conni ihm keine Fremde mehr war. Auch jetzt fragte er nur harmlos: »Hast du schon mal was mit Pferden zu tun gehabt?«
»Ja«, sagte Conni und lachte verschmitzt, »einmal. Es ist noch gar nicht so lange her.«
»Das ist ja ein reicher Erfahrungsschatz«, neckte Gert. Ihm gefiel Andis neue Freundin. Und wer ihm gefiel, der musste sich seinen Spott gefallen lassen. So war das bei den Schuberts.
Herr Schubert lächelte Conni zu. »Wenn du magst – Gelegenheit, dich mit Pferden zu beschäftigen, hast du bei uns reichlich.«
»Ich möchte wahnsinnig gern putzen und füttern lernen und überhaupt alles über Pferde«, gestand Conni.
»Und reiten?«, fragte Andrea. »Ich gebe dir Unterricht, wenn du willst.«
»Das würdest du machen?« Connis Augen leuchteten auf. Dass Andrea ihr so weit entgegenkommen würde, hätte sie nie zu hoffen gewagt.
»Andi ist eine gute Lehrerin«, warf Herr Schubert ein. »Du kannst eine Menge von ihr lernen. Aber du musst deine Eltern um Erlaubnis fragen, Conni. Und bevor du anfängst zu reiten, lässt du dir von Andi und Jens das ganze Drumherum zeigen: Putzen, Satteln und so weiter. Bist du einverstanden?«
»Vielen Dank.« Conni strahlte. »Ich werde kommen, sooft ich kann. In drei Tagen fangen die Ferien an, da habe ich Zeit genug. Aber jetzt muss ich nach Hause. Vielen

Dank für die Brote.« Sehr zufrieden mit dem, was sie heute erreicht hatte, radelte Conni heim.
Es war ein gelungener Nachmittag gewesen, fand sie. Nur dass zu Hause immer noch ein Teil der Hausaufgaben auf sie wartete, trübte ihre übermütige Stimmung.
»Du siehst schon wieder aus, als hättest du auf einem Bau gearbeitet!« Frau Braun empfing ihre Tochter alles andere als begeistert.
Connis Hose und Pullover waren staubbedeckt, ihre Hände zerkratzt, die Fingernägel hatten dicke Trauerränder. Es war eine Schande, wie das Mädchen herumlief. »In deiner Reitschule müssen ja merkwürdige Zustände herrschen!« Die Mutter schüttelte den Kopf.
»Nicht schimpfen!« Conni wollte der Mutter einen Versöhnungskuss geben, aber diese wich erschrocken zurück. »Fass mich nicht an, du Ferkel! Geh dich lieber waschen«, sagte sie nicht unfreundlich. Conni verschwand bereitwillig im Badezimmer. Sie hatte selbst das Bedürfnis nach einer heißen Dusche. Alle Glieder taten ihr weg.
Als sie dann zehn Minuten später strahlend sauber in die Küche kam, stand das Abendbrot auf dem Tisch. Sofort spürte Conni einen ungeheuren Appetit in sich aufsteigen, obgleich es noch keine Stunde her war, dass sie die Brote gegessen hatte.
Frau Braun sah mit Erstaunen eine Scheibe Brot nach der anderen verschwinden.
»Du bist ja geradezu ausgehungert, Kind! Als hättest du seit Tagen nichts mehr gegessen.«

»Ich habe auch gearbeitet.« Conni lachte. »Du, es war herrlich, Mutti! Ich werde morgen bestimmt einen gehörigen Muskelkater haben, aber das macht mir überhaupt nichts aus. Ich fahre wieder hin. Die Schuberts sind große Klasse, alle. Andrea will mir dann zeigen, wie man ausmistet und einstreut und füttert und …«

»Und wann gedenkst du deine Schularbeiten zu machen?«, unterbrach die Mutter sie wenig beeindruckt. »Du weißt, dass du dir keine Pannen leisten kannst. Ich erinnere dich nur an den blauen Brief.«

»Ach der!«

Conni machte eine wegwerfende Handbewegung. »Ist längst überholt. Mach dir bloß keine Sorgen. Außerdem, wenn ich kleben bleibe, ist das doch keine Katastrophe! Vati ist sogar zweimal sitzen geblieben und trotzdem Kapitän geworden.«

»Ja, leider.« Frau Braun seufzte. Ihr Mann war in seiner Schulzeit wirklich stinkfaul gewesen. Das wusste sie, weil sie zeitweise dieselbe Klasse besucht hatte. Aber war das ein Grund, dass Conni ihm nacheiferte?

»Jedenfalls möchte ich nicht noch einmal so einen Wisch ins Haus bekommen«, bemerkte die Mutter abschließend. »Sonst ist es mit deiner Reiterei vorbei, ehe sie richtig angefangen hat.«

Wochenende unter Reitern

Von nun an freute sich Conni täglich auf den Augenblick, wenn sie sich aufs Rad schwingen und zum Schubertschen Hof fahren konnte.
Sie dachte kaum noch an etwas anderes. Es war nur gut, dass die Ferien begonnen hatten. Conni verschwendete keinen einzigen Gedanken mehr an erledigte oder unerledigte Hausaufgaben, allen Warnungen der Mutter zum Trotz. Sie dachte nur noch an die Pferde.
Frau Braun stellte mit Entsetzen fest, dass sich der Wortschatz ihrer Tochter ständig erweiterte. Conni warf mit Worten wie Einstreu, Sattellage, Trense, Futtermenge nur so um sich. Hinzu kamen Ausdrücke wie »Kruzitürken«, »Dreckskerl«, »Idiot« und einige kräftige Flüche, die sie Alf abgelauscht hatte.
Frau Braun war davon wenig begeistert, aber sie mochte Conni den Umgang mit den Schubertschen Kindern auch nicht verbieten. Sie sah es ihrer Tochter ja an, wie wohl sie sich in der Reitschule fühlte. Jeden Abend kam sie mit leuchtenden Augen, einem Bärenhunger – obwohl sie meist zum Mittagessen auf dem Hof blieb –, hundemüde und unbeschreiblich schmutzig nach Hause.
Was Conni oft vermisst und worum sie ihre Klassenkameraden manchmal glühend beneidet hatte, Geschwister, das hatte sie dort gefunden. Jedenfalls Beinahe-Geschwister, denn Conni gehörte schon nach ein paar Tagen ganz dazu. Nie hatte sie so viel Spaß gehabt wie in dieser großen, lärmenden, fröhlichen Familie.

Mit den Jungen war sie vom ersten Augenblick an gut Freund. Sie ließ sich alles zeigen, war unermüdlich, wenn es galt, Zäune auszubessern und zu streichen, Boxen zu säubern oder Pferde von der Weide zu holen. Sogar im Haus fasste sie mit an, wo immer es nötig war. Dabei stellte sie Fragen über Fragen, war aufmerksam und hilfsbereit.
Auch an den häufig etwas rauen Ton gewöhnte sich Conni schnell. Sie lernte es, einer frechen Bemerkung mit einer schlagfertigen Antwort zu begegnen. Sie lernte, lernte und lernte. Viel seltener als früher verfiel sie in ihre Träumereien. Tagsüber war sie unentwegt in Trab und abends fiel sie todmüde ins Bett.
Zum ersten Mal im Leben tat sie auch daheim im Haushalt mehr, als sie unbedingt musste. Die Mutter sollte keinen Grund haben sich zu beklagen.
Frau Braun nahm Connis plötzlichen Eifer mit Erstaunen zur Kenntnis. Er war ihr manchmal fast ein bisschen unheimlich.
Die Ferien waren zum größten Teil vorbei, als ein Telegramm von Connis Vater den Haushalt vorübergehend durcheinander wirbelte.
»Conni, unser Vater hat sich gemeldet! Ich soll zu ihm nach Bremen kommen«, berichtete Frau Braun ihrer Tochter am Donnerstagabend.
»Na prima!« Conni lachte. »Du fährst doch?«
»Kann ich dich denn zwei Tage allein lassen?«
»Aber Mutti, ich bin doch kein Säugling mehr«, sagte Conni überzeugt. »Meinetwegen mach dir mal keine

Gedanken! Ich bin doch den ganzen Tag draußen. Na, und die zwei Nächte werde ich schon überstehen, ohne geklaut zu werden.«

»Ich möchte Vati auch ungern absagen«, sagte die Mutter erleichtert. »Wenn du also meinst, dass du die zwei Tage ohne mich zurechtkommst ...«

»Natürlich! Du kannst ruhig fahren.« Conni ging zum Schrank und kam mit dem Kursbuch in der Hand zurück. »Such dir schon mal einen Zug aus. Ich bring dich zum Bahnhof und pass auf, dass es auch der richtige ist.«

»Freche Göre!« Frau Braun lachte und schlug das Kursbuch auf. Fast ein halbes Jahr hatte sie ihren Mann nicht gesehen. Wie jedes Mal, wenn ein Wiedersehen vor der Tür stand, war sie aufgeregt wie ein Kind zu Weihnachten. Conni sah ihr an, wie sehr sie sich freute.

»Warum packst du nicht die Koffer und begleitest Vati auf seiner nächsten Reise?«, schlug sie vor. »Wenigstens bis Venedig könntest du mitfahren.«

»Ach Conni, du weißt genau, dass das nicht geht. Wo soll ich dich in der Zwischenzeit unterbringen?«

»Ich bleibe eben allein hier in unserer Wohnung.« Conni fand den Einfall prima.

»Ich glaube, du spinnst!« Frau Braun zauste ihre Tochter liebevoll an den Haaren. »Ich finde es ja nett, dass du so denkst. Aber weil ich dich für ein paar Tage allein lasse, bedeutet das doch nicht, dass ich dir eine selbstständige Haushaltsführung zutraue. Wie ich dich kenne, würdest du dich in der Hauptsache von Eis und Schokoladenpudding ernähren. Und unsere Wohnung möchte ich sehen,

wenn du auch nur eine Woche allein hier haust! Ich erkenne sie bestimmt nicht wieder.«
»Na ja, ich dachte nur ...« Conni machte sich unwillig los. Die Mutter hatte Recht. So verlockend war der Gedanke auch nicht, wochenlang allein zu bleiben. »Dann fährst du eben nur nach Bremen«, entschied sie.
Frau Braun fuhr wirklich. Am Sonnabend wurde sie von Conni an die Bahn gebracht.
»Montagmittag hole ich dich wieder ab«, versprach das Mädchen. »Ruf an, wenn du kommst.«
»Fein, darauf freue ich mich jetzt schon!« Frau Braun winkte ihrer Tochter kurz zu, denn Conni machte schon kehrt und lief zum Ausgang, um so schnell wie möglich in der Reitschule zu sein.
Heute sollte der neue Reitplatz eingeweiht werden. Herr Schubert wollte nacheinander die Pferde mit der Anlage vertraut machen, damit sie nicht auf dumme Gedanken kamen, wenn in der nächsten Woche die ersten Schüler aufsaßen. Kein Wunder also, dass Conni sich nicht lange mit Abschiednehmen aufhalten wollte.

»Mensch, Conni, du hast vielleicht was verpasst!«, schrie Jens, als das Mädchen auf den Hof radelte. »Unser Vater hat eben den Dreijährigen geritten, den Kobold. Mann, der hat ein Theater gemacht! Einmal wäre unser alter Herr fast runtergeflogen. Wie ein Wilder hat sich Kobold gebärdet!«
»Und ich war nicht da.« Conni ärgerte sich. »Immer wenn bei euch ordentlich was los ist, bin ich nicht da.«

»Kannst ja zu uns ziehen«, schlug Jens vor. »Wir haben Platz genug.«
»Mensch, das wär 'ne Sache!« Connis Augen leuchteten. Auf die Idee war sie bei dem Reisegespräch mit der Mutter leider nicht gekommen.
Jens lachte. »Es wird doch nichts draus«, sagte er und winkte ab. »Oder glaubst du, dass deine Eltern dich so einfach umziehen lassen?«
»Nein, bestimmt nicht. Deinen wäre es wahrscheinlich auch nicht recht.«
Conni ging zum Reitplatz hinüber, wo Herr Schubert eben vom Pferd sprang.
Er nickte ihr kurz zu, drückte ihr die Zügel in die Hand und lockerte den Sattelgurt ein wenig.
»Führ Kobold kurz herum. Er hat geschwitzt und muss erst abkühlen, ehe er in den Stall kommt. Pass aber auf – er ist nicht so brav wie Lona. Heute schon gar nicht.«
Conni nickte. Eifrig zog sie mit dem jungen Pferd über den Platz.
Dass Herr Schubert ihr sein wertvollstes Tier anvertraute, war kaum zu fassen. Es machte sie sehr stolz.
Eine Weile trottete der Wallach hinter Conni her, aber bald wurde ihm die Sache langweilig. Außerdem juckte ihn das verschwitzte Fell.
Er blieb stehen und scheuerte seinen Kopf am rechten Vorderbein. Conni sah entzückt zu. Wenn das mein Pferd wäre!, dachte sie begeistert. Wie schnell würde ich da reiten lernen. Herr Schubert hatte gesagt, dass Kobold einmal ausgezeichnet springen würde.

Springen! Mit so einem tollen Pferd eine Kleinigkeit! Conni geriet wieder ins Träumen.
Conni hatte völlig vergessen, dass sie in der ganzen Zeit, die sie schon auf dem Hof verbracht hatte, noch nicht ein einziges Mal auf einem Pferd gesessen war.
Sie vergaß die Wirklichkeit.
»Conni, pass auf! Der legt sich hin!«
Conni fuhr zusammen. Wer hatte ihr diese Worte zugerufen? Sie hatte nicht mehr daran gedacht, dass sie neben einem jungen, zu Streichen aufgelegten Pferd stand. Jetzt sah sie mit Entsetzen, wie Kobold langsam in die Knie ging, sich stöhnend auf die Seite legte – und dann unter zufriedenem Grunzen begann, sich von einer Seite auf die andere zu wälzen. Der Sattel störte ihn kaum.
Conni stand wie erstarrt. Sie hatte keine Ahnung, was sie tun sollte. Die Zügel hatte sie vor Schreck losgelassen. Plötzlich stand Alf neben ihr.
»Du bist ein Idiot, Conni«, fuhr er das Mädchen an. »Was hast du bloß gemacht? Geschlafen?«
Er sprang auf das Pferd zu und schrie: »Mistbock, verdammter! Mach, dass du aufstehst! Los, hoch mit dir!«
Widerwillig kam Kobold auf die Beine und schüttelte sich den Sand aus dem Fell.
Überall im feuchten Haarkleid klebte der Dreck. Das war nicht weiter schlimm. Aber der Sattel sah leider schlimm aus.
»Du kannst dich freuen«, sagte Alf wütend. »Den Sattel machst du selbst sauber!«
Conni war noch immer wie benommen. Zu schnell war

das alles gegangen. Scheu blickte sie zu Alf auf, der den Sattel einer gründlichen Prüfung unterzog.
»Da, der Bügel ist auch hin! Völlig verbogen! Du bist eine Schlafmütze!«
»Was ist denn los? Warum schimpfst du so mit Conni?« Herr Schubert war gekommen, um das Pferd zu holen.
»Sieh dir das an!« Alf wies auf den schmutzigen Sattel. »Nicht mal fünf Minuten kann sie auf ein Pferd aufpassen! Weiber!« Wütend ging er davon.
Herr Schubert betrachtete den Schaden mit gerunzelter Stirn und wandte sich dann an Conni, die ihn ängstlich beobachtete.
»Ist es sehr schlimm? Ich meine, kann man es reparieren?«, fragte sie schuldbewusst.
Dass ihr das hatte passieren müssen!
»Alf hat dir wohl einen schönen Schrecken eingejagt, was?« Der Reitlehrer lächelte wieder. »Keine Angst, Conni, dem Sattel selbst ist nichts passiert. Nur der rechte Steigbügel ist restlos verbogen. Kobold muss genüsslich mit seinem ganzen Gewicht draufgelegen haben.«
»Ist so ein Bügel sehr teuer?«, fragte Conni ängstlich. Wenn bloß ihr Taschengeld reichte, um einen neuen zu kaufen! Sie wollte den angerichteten Schaden unbedingt wieder gutmachen.
»Mach dir keine Sorgen.« Der Reitlehrer klopfte ihr auf die Schulter. »Du hast uns so viel geholfen, da werde ich einen kaputten Steigbügel schon verschmerzen können. Aber den Sattel musst du putzen. Lass dir von Jens oder Andi zeigen, wie man es macht.«

»Und Alf?«, fragte Conni, immer noch niedergeschlagen. »Soll ich mich entschuldigen?«
»Alf beruhigt sich auch wieder. Er soll sich nicht so aufspielen. Lehrgeld zahlen wir alle. Pass das nächste Mal besser auf, wenn du ein Pferd an der Leine hast.«
»Bestimmt!«, versprach Conni nachdrücklich. Nein, träumen, wenn sie ein Pferd am Band hatte, das würde sie sicher nicht noch einmal.

Als Conni am Abend nach Hause gehen wollte, fragte Andrea mit einem Mal: »Warum bleibst du nicht hier, Conni? Du könntest in meinem Zimmer schlafen. Bei euch ist doch sowieso niemand, der auf dich wartet.«
Hier bleiben!
Auf dem Reiterhof schlafen und morgen früh mit in den Stall zum Füttern!
Unsicher schaute Conni Frau Schubert an. Ob sie es erlaubte? Ob sie bleiben durfte?
Andreas Mutter war eine stille Frau. Sie war Mittelpunkt und ruhender Pol der Familie. Man spürte ihre Anwesenheit überall, aber man hörte sie kaum. Immer war sie da, wo sie gebraucht wurde. Ohne viele Worte zu verlieren, griff sie schlichtend ein, wenn zwischen Vater und Söhnen die Funken stoben.
Und sie gönnte Andrea von Herzen, dass sie endlich eine richtige Freundin gefunden hatte.
»Bleib nur hier, wenn du magst«, lud sie Conni freundlich ein. »Platz haben wir ja genug und einen Schlafanzug oder ein Nachthemd finden wir schon für dich.«

»Au ja, Conni bleib hier! Dann spielen wir heute Nacht auf dem Heuboden Verstecken«, rief Jens begeistert.
»Den Deubel werdet ihr!« Herr Schubert drohte seinem Jüngsten mit dem Finger. »Mein Lieber, lass dich bei solchen Streichen auf keinen Fall von mir erwischen!«
Jens zog den Kopf ein. »Ich mein ja bloß«, murmelte er.
»Ich auch«, entgegnete sein Vater trocken.
Es blieb dabei. Conni durfte bei Schuberts übernachten. Sie wurde mit Nachtzeug ausgestattet und ging nach einem letzten Kontrollgang durch den Stall, den sie heute selbstverständlich mitmachte, mit Andrea die Treppe hinauf. Das Zimmer war nicht groß, aber der Platz reichte aus, um für Conni eine Liege aufzustellen.
Sie bekam zwei Decken, ein Kissen und war zufrieden. Sogar auf dem Fußboden hätte sie geschlafen, wenn sie nur dableiben durfte.
Weder Conni noch Andrea hatten bisher mit anderen Mädchen in einem Raum geschlafen. Für beide war es neu und aufregend. Sie spürten keine Müdigkeit. Es gab so viel zu erzählen und zu schwatzen, dass es fast zwölf war, als sie endlich zur Ruhe kamen.
Conni streckte sich glücklich auf ihrer Liege aus.
»Schön ist es bei euch in der Reitschule«, murmelte sie. »Ich wollte, ich könnte immer hier wohnen, so dicht bei den Pferden.«
»Komm doch in den Sommerferien!« Andrea war mit einem Schlag wieder hellwach. »Mensch, Conni, das wäre was! Du kannst bei mir schlafen. Tagsüber hilfst du im Stall. Und ich bringe dir das Reiten aus dem Effeff bei.«

Reiten! Zum zweiten Mal machte ihr Andrea dieses Angebot. Conni geriet schon wieder ins Träumen.
»Wenn das wahr würde«, sagte sie seufzend.
»Warum soll es nicht klappen?« Andrea war von ihrer eigenen Idee restlos begeistert. »Meine Eltern mögen dich – sie haben bestimmt nichts dagegen. Und deine?«
Conni war unsicher. »Ich bin ja die meiste Zeit mit meiner Mutter allein. Mein Vater fährt zur See, weißt du. Ob ich sie so lange allein lassen kann?«
»Ach so!« Andrea nickte. »Nein, ich glaube, das kann man nicht machen. Schade! Bei uns ist es ja anders. In unserer Familie ist man eigentlich nie allein, so gern ich es auch oft wäre. Vielleicht wird es jetzt besser. Hier haben wir endlich reichlich Platz. Früher haben wir manchmal wie die Heringe aufeinander gehockt. Das heißt, mein eigenes Zimmer hatte ich immer.«
»Wo habt ihr denn früher gewohnt?«
»Wir haben schon überall gewohnt. In Köln und Berlin, an der Nordsee und im Harz. Je nachdem, wo mein Vater gerade angestellt war. Manchmal sind wir wie die Zigeuner herumgezogen.«
Conni platzte fast vor Neugier. Warum zog so eine große Familie dauernd um?
»Wie kam das?«, fragte sie.
»Ach, weißt du, das liegt an meinem Vater.« Andreas Stimme wurde ganz leise vor Kummer. »Er hat sich nie lange mit seinen Chefs vertragen. Jedes Mal, wenn wir dachten, nun wäre alles in Ordnung, bekam er Krach und wir konnten von vorn anfangen.«

Andrea seufzte tief und sah traurig aus. »Manchmal wünschte ich, er wäre nicht gar so ein Pferdenarr. Für ihn kommen immer zuerst die Pferde und dann erst die Reiter. Das hat vielen Leuten nicht gepasst. Vati war ja nur Angestellter in den Reitställen und Vereinen und die feinen Herrschaften haben sich häufig über ihn beschwert, wenn er ihnen unverblümt seine Meinung sagte. Da zählte dann überhaupt nicht, dass er ein phantastischer Reiter und Lehrer ist, der aus den lahmsten Gäulen noch etwas herausholen kann. Wenn man in den großen Ställen nicht vor den dicken Geldbeuteln katzbuckelt, dann fliegt man gnadenlos.«
Conni hatte schweigend zugehört. Was Andrea ihr da erzählte, war so neu für sie, dass sie das Gehörte erst einmal verdauen musste.
Wie oft hatte sich sich darüber geärgert, wenn die Mutter verlangte, dass sie im Haushalt mithelfen sollte. Und die endlosen Diskussionen über ihre Garderobe!
Dabei war alles richtiger Kinderkram gegen das, was Andrea mitgemacht hatte.
Alle Augenblicke in einer neuen Stadt, einer neuen Schule und dazu die Ungewissheit, wie lange man diesmal bleiben würde. Kein Wunder, dass sich Andrea den neuen Klassenkameraden gegenüber so verschlossen und zurückhaltend gab. Conni begriff manches, was ihr an der Freundin bisher unerklärlich erschienen war. Erst jetzt konnte sie Andrea ganz verstehen.
Andrea fuhr fort, als ob sie Connis Gedanken erraten hätte. »Du brauchst mich deshalb nicht zu bedauern. Wir

haben es eigentlich überall schön gehabt. Wir konnten immer reiten und mit Pferden zusammen sein. Vati hat uns schon ganz früh aufs Pferd gesetzt. Mit Ausnahme von Alf reiten wir alle leidenschaftlich gern.«

»Ich dachte, Alf reitet so gut.«

»Tut er auch. Begabt ist er auf alle Fälle. Er hat eben nur keine Lust, mit den Pferden zu arbeiten. Bei ihm muss immer alles hopphopp gehen«, erklärte Andrea.

»Wie lange braucht man eigentlich, um richtig reiten zu lernen?« Diese Frage brannte Conni schon eine ganze Weile auf der Seele.

Andrea lachte leise auf. »Ein ganzes Leben und noch länger. Man lernt eigentlich nie ganz aus, weil jedes Pferd anders ist und anders reagiert. Im Übrigen kommt es auch darauf an, wie begabt jemand ist, wie oft er reitet und wie groß überhaupt die Lust an den Pferden und der Reiterei ist. Manche geben schon nach ein paar Stunden wieder auf, weil es ihnen zu anstrengend ist«, antwortete sie dann ausweichend.

»Mit ein paar Stunden ist es also nicht getan?«, fragte Conni niedergeschlagen.

»Auf keinen Fall! Ein bis zwei Jahre muss man schon bis zum ersten Turnier rechnen.«

»Wenn man aber nun gar nicht auf Turniere will, sondern bloß so ein bisschen in der Gegend herumreiten?«, erkundigte sich Conni.

»Hast du Lust bekommen?«

»Bekommen ist gut!« Conni lachte verlegen. »Ich träume seit Jahr und Tag davon.«

»Warum hast du denn nichts gesagt? Ich hätte dir längst Stunden geben können«, sagte Andrea vorwurfsvoll. »Ich habe es dir ja schon angeboten.«
»Immer, wenn ich dich fragen wollte, musste ich an unsere erste Begegnung denken«, gestand Conni halb lachend, halb ernst. »Weißt du noch? Du willst doch bloß umsonst reiten!«, wiederholte sie Andreas Worte.
»Daran denkst du immer noch?«, fragte Andrea entsetzt. »Damals kannte ich dich doch noch nicht! Es war so eine Art Notwehr, verstehst du? Ich habe schon so oft erlebt, dass jemand versuchte, sich bei mir beliebt zu machen, um das Geld für die Stunden zu sparen. Aber bei dir ist es doch etwas ganz anderes!«
»Dann gibst du mir Stunden?«, fragte Conni erregt und atemlos vor Glück.
»Ehrensache! Morgen früh geht's los.«
Selig ließ Conni sich in die Kissen fallen. Hurra! Endlich war sie am Ziel ihrer Wünsche. Eine einzige Nacht trennte sie von der Erfüllung ihres Traumes.
Die Wirklichkeit war herrlich.

Lona stand gesattelt auf der Reitbahn. Andrea hielt sie am Zügel und erklärte Conni das Aufsitzen.
»An die linke Seite treten, Rücken zum Pferdekopf«, kommandierte sie. »Linke Hand mit den Zügeln in die Mähne, linken Fuß in den Bügel, rechte Hand an den hinteren Sattelrand und hoch!«
Conni hob den Fuß und ließ ihn wieder sinken.
»Na, was ist denn?«, fragte Andrea aufmunternd.

Conni drehte sich zu ihr um.
»Ich kann nicht. Ich habe Angst«, stammelte sie. »Lona ist so groß …«
»Wenn du Lona putzt, ist sie genauso groß wie jetzt«, sagte Andrea lächelnd. »Wenn du erst mal oben bist, ist alles halb so wild.«
Conni schüttelte verzweifelt den Kopf. »Ich trau mich nicht, Andi. Ich hab Angst, verstehst du?«
»Aber Conni!« Andrea legte der Freundin den Arm um die Schulter.
»Es ist wahr, Andi! Und wenn ihr mich alle auslacht und verspottet. Ich steige nicht auf.«
»Kein Mensch lacht dich aus«, hörte man die Stimme des Reitlehrers vom Rande der Bahn her. Herr Schubert stieg über die Abgrenzung und kam auf die Mädchen zu.
»Du sollst dich nicht zum Reiten zwingen, Conni«, sagte er eindringlich. »Du wirst schon sehen, wenn du mit Pferden umgehst, kommt der Wunsch zu reiten von ganz allein. Und wenn nicht – auch der Umgang mit den Tieren ist etwas Wunderschönes, glaube es mir!«
Conni hörte kaum zu. Sie begriff nicht, was mit ihr los war. Immer hatte sie davon geträumt, reiten zu lernen, und nun, wo sie endlich Gelegenheit hatte, versagte sie kläglich.
Sie kämpfte mit den Tränen. Herr Schubert gab seiner Tochter einen Wink, das Pferd in die Box zurückzubringen, und drehte Conni zu sich herum.
»Warum weinst du, Conni? Du brauchst dich doch nicht zu schämen, Kind. Die Menschen sind nun mal ver-

schieden. Nicht jeder, der Pferde liebt, muss auch ein guter Reiter werden. Außerdem hat beinahe jeder Reitschüler Angst.«
»Aber ich möchte doch so gerne reiten!« Conni schluckte. »Warum trau ich mich nicht? Ich versteh das nicht!«
»Lass dir Zeit, Conni! Und denk nicht zu viel darüber nach. Hab Geduld mit dir selbst. Du wirst sehen – eines Tages lachst du darüber, dass du jemals Angst gehabt hast.«
»Aber ich begreife es nicht! Ich habe doch keine Angst, wenn ich die Pferde putze, nicht einmal, wenn ich die Hufe aufnehme!«
Der Reitlehrer lächelte. »Ich hatte mal einen Pfleger, der zu jedem Pferd in die Box ging, es konnte so böse sein, wie es wollte. Einmal habe ich ihn mit bloßen Händen zwischen zwei kämpfende Pferde springen sehen. Und derselbe Mann weinte wie ein kleines Kind, wenn er reiten sollte. Das hat nämlich überhaupt nichts miteinander zu tun.«
»Bestimmt?« Getröstet sah Conni auf.
»Ehrenwort.« Der Reitlehrer hielt ihrem Blick stand. Was machte es, dass die Geschichte ein ganz klein wenig anders verlaufen war. Er wollte Conni helfen. Sie sollte den Mut nicht verlieren.

Große Pläne

Zur selben Zeit, als Conni an diesem Sonntagmittag im Kreise der Reiterfamilie beim Essen saß, stand Frau Braun in der Kajüte ihres Mannes und starrte nachdenklich durch die Scheiben auf das Deck der »Hansa«.
Ihr Mann beobachtete sie schweigend von seinem Sessel aus. Er hatte Zeit und Geduld. Seinen Wunsch hatte er geäußert, nun musste er abwarten, was seine Frau dazu zu sagen hatte. Plötzlich wandte Frau Braun sich um.
»Nein, Kurt, es geht nicht! Ich kann Conni nicht fünf oder gar sechs Wochen lang sich selbst überlassen! Das Versetzungszeugnis steht auch bevor. Wenn meine Mutter noch lebte, aber so …«
Energisch schüttelte sie den Kopf.
»Aber Gretel!« Kapitän Braun erhob sich und ging lächelnd auf sie zu. »Conni ist fast fünfzehn! In dem Alter war ich schon mit der Schule fertig und auf See.«
»Ja, und leider nimmt sich unsere Tochter deine schulischen Glanzleistungen zum Vorbild.« Frau Braun seufzte. »Außerdem warst du sechzehn und nicht vierzehn, mein Lieber. Nein, Kurt, so gern ich dich wieder einmal auf einer längeren Reise begleiten würde, es geht nicht. Ich hätte keine ruhige Minute, wenn ich Conni allein zu Hause wüsste, ohne Aufsicht und Betreuung.«
Kapitän Braun überlegte. Er hätte es nur zu gern gesehen, wenn seine Frau für längere Zeit an Bord gekommen wäre. Gerade diesmal war die Gelegenheit günstig. Seine Route ging über Italien nach Nordamerika. Von

Genua aus konnte seine Frau jederzeit nach Hause fliegen, wenn sie das Heimweh nach der Tochter packte. Oder wenn die Sorgen um Connis Wohlergehen sie sehr beunruhigten.
»Können wir die Deern denn nicht für die paar Wochen bei deiner Schwester unterbringen?«, fragte er. »Sie sagt bestimmt nicht nein.«
»Du weißt genau, dass sich das mit Connis Schule nicht vereinbaren lässt. Der Weg von Margots Wohnung ist viel zu weit. Wir können Conni auch nicht für diese Zeit in eine andere Schule tun! Ihre Versetzung ist ohnehin gefährdet.«
Herr Braun schwieg.
Er akzeptierte die Gründe seiner Frau, aber geschlagen gab er sich noch lange nicht.
Erst musste er mit seiner Tochter gesprochen haben, ehe er seinen Plan aufgab.
Vielleicht wusste Conni einen Ausweg – ein Internat oder etwas Ähnliches.
Heutzutage waren die Kinder ja erstaunlich gut informiert und selbstständig.
Conni war überrascht, als am Montag nicht nur die Mutter aus dem Zug stieg, sondern auch der Vater.
»Vati, wie schön, dass du mitgekommen bist! Kannst du deinen Pott wirklich mal allein lassen?«
Kapitän Braun ließ sich die stürmische Begrüßung schmunzelnd gefallen.
»Tag, mein Deern. Ja, weißt du, meine Offiziere wollten mich gern mal für zwei Tage los sein.«

»Muss ich das glauben?« Conni lachte und hängte sich bei ihrem Vater ein.
»Vatis Schiff bleibt ein paar Tage in Bremen liegen. Da konnte er sich für zwei Tage freimachen«, bemerkte Frau Braun aus dem Hintergrund. »Ich hoffe, dass dir das auch gelingt, Conni.« Kein Zweifel, die Worte klangen ein wenig spöttisch.
»Was tust du denn so Wichtiges?«, erkundigte sich der Vater, während sie Arm in Arm zur Sperre gingen.
»Ich helfe in der Reitschule«, erklärte Conni eifrig. »Das macht Spaß, sage ich dir! Ich habe schon unheimlich viel gelernt. Du musst unbedingt heute Nachmittag mitkommen, damit ich dir alles zeigen kann.«
»Hat das nicht Zeit bis morgen früh? Ich wollte heute eigentlich unser Zuhause genießen, zusammen mit euch.«
»Meinetwegen«, sagte Conni großmütig. »Aber ich muss doch kurz hin. Schuberts würden mich ganz schön vermissen! Sie können ja nicht wissen, dass du nach Hause gekommen bist.«
Auf dem Heimweg kauften sie für das Mittagessen ein. Zu dritt ging es dann in die Küche, wo jeder seine Aufgabe zugeteilt bekam.
Im Handumdrehen stand das Essen auf dem Tisch, den Conni freiwillig und liebevoll gedeckt hatte. Als sie sich setzten, fiel Frau Brauns Blick auf die Fensterbank. Sie runzelte unwillig die Stirn.
»Sag mal, Conni, hast du die Blumen überhaupt nicht gegossen, oder warum sehen sie so traurig aus? Kann man sich denn nicht auf dich verlassen?«

»Ach herrje, die Blumen!« Conni schlug sich mit der Hand vor die Stirn. »Die habe ich total vergessen. Ich bin nämlich erst heute Morgen nach Hause gekommen«, fügte sie zu ihrer Entschuldigung hinzu.
»Was bist du?« Den Eltern verschlug es die Sprache. Das waren ja nette Dinge, die da zutage kamen!
»Nicht, was ihr denkt!« Conni winkte lachend ab. »Ich habe mich nicht rumgetrieben, was glaubt ihr denn von mir. Ich bin übers Wochenende bei Andrea in der Reitschule geblieben. Frau Schubert hat es erlaubt. Ich dachte, ihr hättet bestimmt nichts dagegen.«
Etwas unsicher blickte sie die Eltern an.
»Du kannst dich doch nicht einfach bei wildfremden Leuten einquartieren?«, sagte die Mutter entsetzt.
»Wieso wildfremd? Ich bin doch jeden Tag dort«, protestierte Conni. »Was ist denn schon dabei?«
»Also wirklich …« Die Mutter kam nicht weiter.
»War es denn schön?«, unterbrach Herr Braun die kaum begonnene Standpauke seiner Frau und zwinkerte Conni verständnisvoll zu. Er wollte keine Auseinandersetzungen in der kurzen Zeit, die er zu Hause war.
Conni strahlte bereits wieder. »Und wie! Wir hatten es toll gemütlich. Andreas Eltern sind unheimlich nett. Bloß die Jungen sind manchmal richtig frech. Ich lass mir aber nichts gefallen.«
»Dann erzähl mal«, forderte der Vater sie auf. »Ich möchte gern mehr von deinen Reiterfreunden hören. Von den Schuberts, den Kindern und Pferden.«
Das brauchte er Conni nicht zweimal zu sagen.

Begeistert schilderte sie das Leben in der großen Familie in leuchtenden Farben, erzählte von den Pferden und verschwieg auch ihr Abenteuer mit dem eigenwilligen Kobold nicht. Das Wochenende war viel zu schön gewesen.

Conni redete wie ein Wasserfall, bis die Mutter den Redefluss stoppte, indem sie begann, das Geschirr in die Küche zu tragen.

Conni sprang eilig auf, um zu helfen. Sie wollte die Mutter nicht noch mehr verärgern und vor dem Vater wollte sie sich von ihrer besten Seite zeigen.

»Wollen wir zusammen abwaschen? Wie früher, wenn du Urlaub hattest?«, fragte Conni.

Der Vater nickte.

Connis Vorschlag passte ihm wunderbar. Ein kurzer Blick des Einverständnisses zwischen Vater und Tochter – und Frau Braun fand sich in dem kleinen Gärtchen wieder, das zur Wohnung gehörte. Sie wurde in eine warme Decke gepackt und bekam den strikten Befehl, sich bis zum Kaffee gefälligst nicht zu rühren, sondern die Sonne zu genießen.

Die Mutter ließ sich die Fürsorge gern gefallen. Behaglich in ihrem Liegestuhl ausgestreckt, war sie unter den warmen Strahlen der Aprilsonne bald eingeschlafen.

Zufrieden mit sich und ihrem guten Werk gingen Conni und der Vater ins Haus zurück.

Mit wahrem Feuereifer machten sie sich über das schmutzige Geschirr her. Zu zweit ging das Spülen viel schneller und machte sogar Spaß.

»Soll ich spülen und du trocknest ab?«, schlug Conni vor, während sie den Hahn aufdrehte und das Wasser ins Becken laufen ließ.
»Ist mir recht.« Der Vater nickte. »Mach es, wie du meinst.« Ihm ging es vor allem darum, Conni bei guter Laune zu halten, damit sie seine Pläne unterstützte.
Aber solcher Vorsichtsmaßnahme seinerseits bedurfte es in diesem Fall gar nicht.
Vielleicht war es Gedankenübertragung, denn plötzlich sagte Conni: »Neulich habe ich schon zu Mutti gesagt, dass sie mitfahren soll, mit dir«, fügte sie hinzu. »Es wird ihr bestimmt gut tun, mal wieder etwas anderes zu sehen als unsere vier Wände hier. Mit der Arbeit im Büro ist es ja schon wieder vorbei – und mich sieht sie augenblicklich auch nicht viel. Ich habe Mutti ziemlich vernachlässigt«, bekannte sie ehrlich.
»Das kann ich mir denken und ich verstehe dich auch sehr gut«, sagte der Vater. »Wo du nun endlich Pferdegeruch schnuppern kannst!«
»Es ist auch toll. Ich habe so viel gelernt – das glaubst du gar nicht. Viel mehr als in der Schule. Eine Menge fürs Leben, nicht nur Theorie.«
»Dazu gehört ja nicht viel.« Der Vater hatte Mühe, ernst zu bleiben. »Du hast eine Menge von mir geerbt.«
»Du bist aber Kapitän geworden«, protestierte Conni. »Warte nur, ich werde bestimmt auch was Tolles.«
»Reitlehrerin womöglich, was? Aber um noch mal auf meine nächste Reise zurückzukommen: Die Sache hat einen entscheidenden Haken.«

»Wieso? Die Reederei erlaubt es doch.«
»Schon. Das Problem ist: Mutti will nicht. Sie mag dich nicht allein lassen.«
»Das hat sie neulich auch schon gesagt, als ich ernsthaft davon anfing. Sie traut mir einfach nicht zu, dass ich allein fertig werde.«
»So ungefähr.« Der Vater nickte. »Wenn ich ehrlich bin, sähe ich es auch nicht gern, wenn du hier wochenlang allein lebst.«
Dass die Erwachsenen sich immer so anstellen mussten! Conni biss sich ärgerlich auf die Lippen. Sie gönnte der Mutter diese Reise von Herzen. Aber was sollte man machen, wenn sie nicht wollte?
Eine Minute später lachte sie triumphierend auf.
»Ich hab's! Ich frage Andreas Eltern, ob ich drei Wochen lang bei ihnen wohnen kann. Die haben so viel Platz. Und angeboten haben sie es mir auch schon. Mensch, das wäre die Lösung!«
»Das stellst du dir so einfach vor, mein Deern. Ich bezweifle, dass Schuberts von deiner Idee sehr begeistert sein werden«, meinte der Vater.
»Wieso? Jemanden, der hilft, können sie immer brauchen, hat Herr Schubert gesagt.«
Conni fand ihren Einfall großartig. Sie wollte keine Einwände gelten lassen.
Ihre Phantasie gaukelte ihr schon die schönsten Bilder vor: sie als bewunderter und beneideter Mittelpunkt der Reitschule, Hauptperson der Familie. Jeder brauchte und mochte sie.

»Wir können ja mal anfragen«, sagte der Vater langsam. Nach einer langen Pause fuhr er fort: »Vielleicht ist das wirklich die Lösung, die wir suchen. Einverstanden, Conni. Ich begleite dich morgen, wenn du zum Hof hinausfährst. Ich sehe mir alles genau an und wenn ich meine, dass wir dich mit gutem Gewissen dort unterbringen können, werde ich Herrn und Frau Schubert fragen, ob sie dich aufnehmen können.«

»Gefallen wird es dir dort ganz bestimmt, Vati. Mir gefällt es ja auch so gut.« Conni hatte manchmal eine etwas eigenartige Logik.

Zwei Stunden hielt Conni es bei ihren Eltern aus, dann hatte sie keine Ruhe mehr.

Heute sollten doch die ersten Reitschüler kommen! Wie konnte sie da zu Hause bleiben? Das große Ereignis durfte sie auf keinen Fall versäumen.

»Ich geh dann«, sagte sie kurz und war verschwunden, ehe die Mutter Einwände erheben konnte.

Ziemlich ratlos blickte Frau Braun ihren Mann an. Er wirkte so gelassen und heiter.

»So geht es schon die ganzen letzten Wochen. Ich bekomme Conni kaum noch zu Gesicht. Und der Aufzug, in dem sie immer herumläuft!« Die Mutter schüttelte resigniert den Kopf. »Könnte sie nicht wenigstens heute auf ihre Pferde verzichten? Aber nein, nicht mal, wenn du hier bist, hat sie Zeit fürs Familienleben!«

»Lass ihr doch den Spaß!« Kapitän Braun legte seiner Frau tröstend den Arm um die Schulter. »Freu dich, dass sie so netten Anschluss gefunden hat.«

»Netten Anschluss? Weißt du, was sie dort lernt? Schimpfwörter und Flüche, dass mir manchmal die Haare zu Berge stehen!«
»Ach, Gretel!« Der Vater konnte ein Lachen nicht unterdrücken. »Du übertreibst ein bisschen. Bei uns an Bord geht es auch nicht immer fein zu – aber die Crew ist in Ordnung. Wahrscheinlich imponieren ihr die Jungen damit. Das gibt sich bald. Hauptsache, unsere Lütte fühlt sich dort wohl.«

Conni hatte ihr schlechtes Gewissen darüber, dass sie sich so schnell verdrückt hatte, schon auf dem Weg zum Stall abgeschüttelt.
Sie wusste, der Vater würde sie verstehen.
»Hallo, Conni!« Alf nickte ihr freundschaftlich zu. Offenbar hatte er ihr das Missgeschick mit Kobold inzwischen verziehen. »Willst du heute auch helfen oder bist du nur zum Zuschauen gekommen?«
»Beides«, entgegnete Conni erleichtert. »Hast du etwas Bestimmtes für mich?«
»Du könntest mir helfen, Lonas Box auszumisten, solange sie in der Bahn ist«, erwiderte Alf.
»Mach ich!« Conni war sofort dabei. »Aber einen Augenblick muss ich kiebitzen.« Sie flitzte davon.
Doch schon bald kam sie zurück. Große Begeisterung war ihr nicht anzumerken.
»Du, Alf, sieht das immer so entsetzlich aus, wenn Anfänger auf einem Pferd sitzen?«, fragte sie den Jungen ehrlich enttäuscht.

»Das sieht fast immer so aus«, bestätigte Alf lachend. »Aber nach den ersten Stunden ist dann das Schlimmste überwunden. Bis es auch für die Zuschauer wie Reiten aussieht und nicht wie eine komische Parodie, vergehen freilich meist Monate.«
»Reitet Andrea gut?«
»Andi? O ja, das kann man laut sagen.«
»Und du?«
»Mich lässt du besser aus dem Spiel.« Alf wuchtete eine volle Gabel Mist auf die Schubkarre. »Ich reite, weil ich meinem Vater helfen muss. Nicht, weil es mir besonderen Spaß macht.«
»Du würdest wohl lieber etwas anderes werden?« Conni dachte an ihr nächtliches Gespräch mit Andrea.
»Du bist ein kluges Kind«, sagte Alf spöttisch und dann plötzlich ganz offen: »Ja, ich würde hundertmal lieber etwas anderes werden!«
Er warf dem Mädchen einen so ernsten Blick zu, dass Conni leicht erschrak. Dann fuhr er fort: »Ich möchte zur See! Andere Menschen sehen und andere Länder! Weg aus diesem Betrieb!« Es klang laut und heftig.
Conni wusste nicht, was sie sagen sollte. Sie war zu überrascht von dem plötzlichen Ausbruch.
Aber da redete Alf auch schon weiter. Er hatte wohl viel zu lange alles für sich behalten, nun sprudelten die Worte nur so aus ihm heraus.
»Weißt du, was das heißt: jeden Tag reiten zu müssen? Kaum mal eine freie Stunde zu haben? Sich mit hochnäsigen Leuten herumzuärgern, die glauben, sie wären der

Mittelpunkt der Welt und man selbst nur Dreck? Wenn jetzt der Betrieb hier richtig losgeht, kann ich kaum mal einen Tag lang das tun, was mir Freude macht. Immer wird es dann heißen: Los, Alf, rauf aufs Pferd, Herr Soundso möchte sein Pferd springen sehen. Und immer schön lächeln. Höflich sein und katzbuckeln.«
»Aber dein Vater ...« Conni fiel keine überzeugende Erwiderung ein.
»Vater ist in Ordnung, aber seine Schüler kann er sich nicht danach aussuchen, ob sie uns gefallen oder nicht. Nur, er tut seine Arbeit gerne, er geht völlig darin auf – und ich nicht. Das ist der entscheidende Unterschied.«
»Hast du schon mal mit ihm über deine Situation gesprochen?« Conni hatte sich von ihrem Schrecken erholt und konnte wieder klar denken. »Weiß er überhaupt, dass du Seemann werden möchtest?«
Alf winkte ab.
»Natürlich nicht! Er würde es bestimmt nicht erlauben. Er will ja, dass ich Reitlehrer werde, damit er einen Nachfolger hat. Ich verstehe es sogar, aber das hilft mir auch nicht weiter. Manchmal habe ich schon daran gedacht, einfach auszurücken, aber das hat doch keinen Zweck. Keine Reederei würde mich nehmen. Ich bin ja noch minderjährig.«
Conni überlegte fieberhaft. Sie musste Alf helfen, dann half er ihr vielleicht auch. So einfach war das.
»Alf, wenn ich dir eine Heuer vermittle, hilfst du mir dann, dass ich für 'ne Weile bei euch wohnen darf?«, fragte Conni unsicher.

»Du spinnst ja!« Alf hatte sich beruhigt. Er konnte schon wieder lachen, wenn es auch noch ein bisschen gezwungen klang. »Wie willst du das denn machen? So einfach, wie du dir das vorstellst, ist es nicht.«
»Lach nicht über mich! Schließlich ist mein Vater Kapitän. Vielleicht kann ich ihn dazu überreden, mit deinem Vater zu sprechen. Meinst du, dass es etwas bringen würde?«
Alf war mit einem Schlag wieder ernst. Er starrte Conni ungläubig und doch voller Hoffnung an. Welch ungeahnte Möglichkeit!
»Conni, wenn du das schaffen könntest! Wenn ich wirklich fahren dürfte! Und wenn es nur ein kleiner Kahn wäre – ich würde dich küssen!«
»Geschenkt.« Conni wich einen Schritt zurück. »Spar dir die Sabbelei für eine deiner Freundinnen auf.«
Alf überhörte die Spitze.
Heute durfte Conni alles sagen.
»Wann kannst du mit deinem alten Herrn darüber sprechen?«, drängte er. Er hatte es sehr eilig.
»Ich bring ihn morgen mit. Wenn es ihm hier gefällt, rede ich mit ihm. Einverstanden?«
»Und ich rede mit meinem Vater deinetwegen. Abgemacht, Conni?« Alf streckte dem Mädchen die Hand hin. »Drück die Daumen, dass es klappt!«

Vater Braun muss helfen

Vater und Tochter radelten zur Reitschule.
Conni war so aufgeregt wie schon lange nicht mehr. Ob es gut gehen würde?
»Du hast es ja mächtig eilig, mich zu deinen geliebten Pferden zu schleppen!« Connis Vater musste heftig in die Pedale treten, um seiner ungeduldigen Tochter folgen zu können.
Immer wieder sah Conni sich nach ihm um. »Mann, du fährst vielleicht langsam!«, schimpfte sie.
»Nur ruhig Blut, Tochter, wir kommen schon hin. Bedenke, dass dein alter Vater das Radeln nicht so gewöhnt ist wie du.« Zu jedem anderen Zeitpunkt hätte Conni über den »alten Vater« laut gelacht, aber heute hörte sie kaum hin. Nahm der Weg denn kein Ende? Er kam Conni diesmal viel länger vor.
Endlich waren sie da.
»Was ist denn das?« Achtlos ließ Conni ihr Rad fallen und kniete im nächsten Augenblick auf der Erde.
Mit beiden Händen fing sie das tollpatschige Hundebaby auf, das da auf sie zusprang. Tapsige Hundepfoten stemmten sich gegen ihre Knie, eine winzige Zunge leckte aufgeregt über ihr Gesicht.
»Kerlchen, bist du niedlich!« Noch nie hatte Conni einen so jungen Hund im Arm gehalten. »Wem bist du denn entwischt? Oder gehörst du etwa hierher?«
Conni stand auf. Den kleinen Hund hielt sie liebevoll in ihren Armen.

Herr Braun stand neben seinem Rad und beobachtete schmunzelnd die Szene.
Das war typisch seine Tochter.
Ein Tier, ein junges noch dazu – und die Umwelt war vergessen. Warum haben wir ihr eigentlich nie einen Hund geschenkt?, überlegte er. War es, weil die Oma, die Conni früher manchmal versorgt hatte, keine Hunde mochte? Oder war seine Frau dagegen gewesen? Er wusste es nicht zu sagen und beschloss auf der Stelle mit seiner Frau zu sprechen. Ein Hund für seine Conni – das musste sich doch wirklich einrichten lassen.
»He, Conni!«
Jens winkte vom anderen Ende des Hofes heftig herüber. »Komm mal her und bring den Lütten mit. Aber vorsichtig, er ist zerbrechlich.«
»Bin gleich wieder da, Vati!« Conni rannte, das Hundekind an sich gedrückt, über den Hof.
Der Vater blickte ihr lächelnd nach. Conni schien sich hier wirklich zu Hause zu fühlen. Sie war bisher immer viel allein gewesen. Ihre Begeisterung freute ihn.
Er ließ seine Blicke wandern.
Der Hof sah jetzt völlig anders aus als bei Connis erstem Besuch. Aufgeräumt und sauber gefegt; er wirkte groß und einladend.
Das Haus war zwar immer noch reparaturbedürftig, aber der Stall war weiß getüncht mit braun abgesetzten Holzbalken. Fachwerk nennt man das.
Doch, der Hof gefiel Herrn Braun. Es war kein Wunder, fand er, dass Conni sich hier wohl fühlte.

Er folgte den Kindern in den Stall. Doch die waren längst irgendwohin verschwunden. Herr Braun sah sich vergeblich nach ihnen um.

Unschlüssig stand er an der Tür.

»Guten Tag, ich bin Herr Schubert, der Reitlehrer. Kann ich irgendetwas für Sie tun?«

Andreas Vater war aus einer der Boxen auf die Stallgasse getreten. Herr Braun war bei seinem unerwarteten Auftauchen zuerst erschrocken zusammengezuckt.

Jetzt lachte er.

»Eigentlich suche ich meine Tochter«, sagte er. »Sie hat mich schmählich im Stick gelassen.«

»Sie sind Connis Vater?«, fragte Herr Schubert.

»Ja, der bin ich. Ich hoffe, dass das für mich eine gute Einführung ist.« Herr Braun schmunzelte. »Conni erzählt ganz begeistert von Ihrem Hof und ist glücklich, dass sie helfen darf.«

»Sie hilft uns wirklich«, bestätigte der Reitlehrer. »Nicht nur mit Worten wie mancher andere. Sie packt mit an und lässt nicht locker, ehe eine Arbeit fertig ist. Manchmal könnten sich meine Jungen wirklich ein Beispiel an ihr nehmen!«

»Das sind aber völlig neue Züge bei meiner Tochter«, meinte Herr Braun verwundert. »Bisher hat Conni sich nicht gerade um irgendwelche Arbeiten gerissen. Für gewöhnlich tut sie nicht mehr, als sie gerade tun muss. Hoffentlich verliert sie nicht auch hier die Lust, wenn der Reiz des Neuen erst einmal vorbei ist. Das kann bei Conni leicht passieren.«

»Das glaube ich nicht.« Herr Schubert schüttelte entschieden den Kopf. »Ich darf wohl von mir behaupten, dass ich unter meinen Reitschülern die ›Echten‹, die wirklich aus Liebe zu den Pferden kommen, sehr schnell herausfinde. Conni ist begeisterungsfähig, zuverlässig und weiß genau, was sie will.«
»Dann ist Conni also wirklich keine Belastung für Sie?«, erkundigte sich Herr Braun.
»Im Gegenteil«, bekräftigte der Reitlehrer. »Sie können ganz beruhigt sein. Wir mögen Conni alle gern.«
An dieser Stelle wurde das Gespräch recht plötzlich unterbrochen, weil Alf mit schnellen Schritten in den Stall stürmte. Ohne zu zögern, ging er auf Herrn Braun zu und platzte ungestüm heraus: »Hat Conni inzwischen mit Ihnen gesprochen?«
Herr Braun war von diesem Überfall einigermaßen überrascht. »Worüber soll Conni denn mit mir gesprochen haben, junger Mann?«, fragte er dann.
»Dies ist Alf, mein zweitältester Sohn«, stellte Herr Schubert eilig vor, um Alfs merkwürdiges Benehmen zu überspielen. »Ein talentierter Reiter, der aber mit seiner Begabung nicht so recht etwas anzufangen weiß.«
»Nach allem, was Conni mir erzähl hat, kann ich mir kaum vorstellen, dass es noch Menschen gibt, die nicht ununterbrochen an Pferde denken«, sagte Herr Braun belustigt.
Er wandte sich an Alf. »Meine Tochter scheint Sie dabei übersehen zu haben, kommt mir vor.«
»Was wolltest du überhaupt, Alf?«, erkundigte sich der

Reitlehrer. »Du kommst hier in den Stall gestürmt, stellst seltsame Fragen und starrst den Herrn Kapitän an, als wolltest du ihn hypnotisieren. Also, sag schon, was du eigentlich willst.«
»Was ich will?« Alf holte tief Atem.
Das war eine einmalige Chance.
Egal, ob Conni schon »vorgearbeitet« hatte oder nicht. Jetzt musste er reden. Sein Vater sollte endlich erfahren, was er werden wollte.
»Was ich will?«, wiederholte er, ohne den Blick von Connis Vater zu lösen. »Zur See fahren will ich!«
Ehe sich die verblüfften Männer von ihrer Überraschung erholt hatten, fuhr er hastig fort: »Ich will die Planken unter meinen Füßen spüren, den Wind in den Haaren, das Salzwasser auf der Haut.«
Alf merkte selbst, wie kitschig seine Worte klangen. Er kam sich vor wie in einem billigen Theaterstück und den beiden Männern ging es sicher nicht anders.
Aber, verflucht noch mal, besser konnte er nicht ausdrücken, was er wollte.
Er hatte auch keine Zeit gehabt, lange zu überlegen und geschliffen zu formulieren.
Alf bemerkte, dass sein Vater wie erwartet spöttisch den Mund verzog. Doch der Kapitän, Connis Vater, blieb ernst. Vielleicht erinnerte er sich an seinen eigenen Traum von der Seefahrt, den er einmal, vor vielen Jahren, geträumt haben mochte.
»Die Schiffsplanken sind heutzutage aus Eisen und das Salzwasser auf der Haut ist alles andere als angenehm«,

bemerkte er trocken. »Aber wenn Sie mal hineinschnuppern wollen in die christliche Seefahrt, dann kann ich Ihnen vielleicht helfen. Vorausgesetzt natürlich, dass Ihr Vater einverstanden ist.« Herr Braun verstand den Jungen. Er wollte ihm helfen.

Bittend blickte Alf seinen Vater an.

»Dann schießen Sie mal los, Herr Kapitän«, sagte der Reitlehrer schließlich.

»Den Titel lassen Sie bitte weg«, meinte Herr Braun lächelnd. »An Land bin ich auch nichts weiter als ein geplagter Familienvater. Um es kurz zu machen: Wenn Sie, Alf, bereit sind, während Ihrer Ferien als einfacher Schiffsjunge – als ›Mädchen für alles‹, als Niemand – zu fahren, dann kann ich Ihnen eine Heuer besorgen. Ein alter Freund von mir besitzt ein Küstenmotorschiff, ein Kümo, wie wir sagen. Dieser Hans Burgdorff kann immer einen kräftigen jungen Mann für alle möglichen Tätigkeiten gebrauchen. Aber tüchtig arbeiten werden Sie müssen! Nur so an der Reling lehnen und träumen ist nicht drin!«

»Arbeiten muss ich hier auch.« Alf machte eine wegwerfende Handbewegung. »Ausmisten, Zäune reparieren, schreinern, streichen, Futtersäcke schleppen – dabei bekommt man Muskeln und Kraft. Vor der Arbeit habe ich keine Angst.«

»Fehlt also nur noch die Zustimmung Ihres Vaters, junger Mann.«

Herr Braun schaute den Reitlehrer fragend an. »Was sagen Sie zu meinem Vorschlag?«

»Ausgerechnet in den Ferien!« Herr Schubert schüttelte den Kopf. »Ich weiß nicht recht. Eigentlich kann ich Alf gerade dann nicht entbehren. In diesen Wochen ist bei uns besonders viel zu tun.«
»Ich vertrete ihn!«, rief eine helle Stimme dazwischen. Conni baute sich vor dem Reitlehrer auf. »Ich habe doch schon so viel gelernt, Herr Schubert! Meinen Sie nicht, dass Alf ruhig ein paar Wochen fehlen kann? Ich werde überall mit anpacken und mich bestimmt nicht drücken, das verspreche ich.«
»Du Floh!« Wider Willen musste der Reitlehrer lachen. Herr Braun schaltete sich erneut ein. Er war bereit, Conni und Alf zu unterstützen.
»Vielleicht sollten Sie sich meinen Vorschlag einmal durch den Kopf gehen lassen, Herr Schubert. Ein Fehler wäre es bestimmt nicht, wenn Alf bei meinem Freund anheuerte. Dort bekäme er gleich den richtigen Vorgeschmack auf das, was ihn auf den großen Pötten erwartet. Geschenkt wird ihm nichts. Das sollte er wissen, bevor er sich für diesen Beruf entscheidet.«
Alf schwieg. Wie gebannt sah er seinen Vater an, der sich nachdenklich das Kinn rieb.
Was würde er antworten?
»Also gut, ich gebe mich geschlagen«, sagte er schließlich. »Du darfst fahren. Vorausgesetzt, dass dein Abschlusszeugnis anständig ausfällt und dass Conni uns tüchtig hilft. Und dass du dir alles gut überlegt hast.«
Conni kniff sich in den Arm. An so viel Glück wagte sie kaum zu glauben.

Sie zog Alf am Ärmel mit sich fort. Was jetzt kam, war nicht mehr ihre Sache. Nun musste der Vater zusehen, dass er sie nicht erst für die Ferien unterbrachte – das war ja so gut wie abgemacht –, sondern sofort.
Herr Braun sah Conni verschwinden und lachte leise. »Jetzt lässt mich mein Fräulein Tochter im Stich. Das sieht ihr ähnlich. Wenn es schwierig wird, überlässt sie es mir, die Probleme zu lösen. Ich habe nämlich auch eine Bitte, Herr Schubert, dabei können Sie mir vielleicht helfen.«
Mit wenigen Worten setzte er dem Reitlehrer seine Situation auseinander. Herr Schubert hörte zu.
»Es wird uns eine Freude sein, Conni für eine Weile bei uns aufzunehmen«, sagte er herzlich. »Andrea hat noch nie eine richtige Freundin gehabt, bedingt durch den häufigen Wohnungswechsel und die Arbeit mit den Pferden. Ich freue mich, dass sie sich mit Conni so gut versteht. Conni ist ein netter Kerl. Wir ›adoptieren‹ sie gern.«
»Hoffentlich bereuen Sie es nicht.« Herr Braun fühlte sich verpflichtet, den Optimismus des Reitlehrers zu dämpfen. »Ganz problemlos ist Conni nun auch wieder nicht. Sie hat schon ihre Mucken.«
»Haben Sie Angst, dass ich mit ihr nicht fertig werde?« Der Reitlehrer lachte. »Sie vergessen, dass ich an den Umgang mit übermütigen, ungebärdigen jungen Pferden gewöhnt bin. Pferde und Kinder unterscheiden sich da gar nicht so sehr. Auch meine Frau hat gute Nerven. Sie ist von unseren Kindern Kummer gewöhnt.«

Da Kapitän Braun nur zwei Tage Zeit hatte, musste alles ziemlich schnell gehen.
Am selben Abend trafen sich die Elternpaare, um sich kennen zu lernen.
Außerdem mussten noch verschiedene Dinge besprochen werden. Wenn schon, dann wollte Herr Braun seine Frau gleich nach Bremen mitnehmen.
Das Kofferpacken würde bei ihr nicht lange dauern, das wusste er. Früher hatte sie sich oft genug hopplahopp reisefertig machen müssen.
Die beiden Familien hatten sich im geräumigen Wohnzimmer des Reiterhofes in einer großen, gemütlichen Runde zusammengefunden.
Inzwischen hatten die Schubertschen Kinder die Neuigkeit erfahren und waren mit der Lösung einverstanden. Besonders Andrea freute sich auf die gemeinsame Zeit mit der neuen Freundin.
»Ich erwarte, dass du über den Pferden die Schule nicht ganz vergisst«, mahnte Frau Braun besorgt.
»Wir werden alle aufpassen, das verspreche ich«, sagte Alf lachend. »Ich besonders, solange ich noch hier bin. Ich pauke mit Conni Englisch, Gert übt mit ihr Mathematik, Andrea kann Biologie und Geschichte übernehmen, Mutter fragt sie Französisch ab und Jens ...«
»... ich bringe ihr das Reiten bei!«, rief dieser dazwischen. »Das kann ich einwandfrei.«
Die Runde brach in herzliches Gelächter aus. Die Stimmung war gelöst und heiter.
»Wir meinten allerdings mehr Hilfe in schulischen Din-

gen«, bemerkte Herr Schubert trocken. »Aber ganz Unrecht hast du nicht. Über Pferde kannst du Conni sicher noch eine Menge beibringen.«
»Jens ist nämlich ein Ass«, verriet Andrea, die mitunter sehr stolz auf ihren kleinen Bruder war.
»Setz dem Bengel keine Flausen in den Kopf«, sagte ihr Vater. »Er wird mir sonst zu übermütig.«
Dass er reiten konnte, durfte Jens aber doch noch beweisen. Er setzte mit Lona über ein paar Hindernisse, dass Connis Mutter ängstlich nach dem Arm ihres Mannes griff. Herr Schubert lachte; man konnte sehen, wie stolz er auf seinen Jüngsten war.
»Der Bengel ist nicht nur begabt«, vertraute er seinen Gästen an, »er hat auch die nötige Ausdauer. Wenn es sein muss, arbeitet er wochenlang mit seinem Pferd, bis er erreicht, was er sich vorgenommen hat. Die Pferde gehen gern unter ihm. Und er hat auch Freude daran. Genau wie ich.«
»Ihre Kinder reiten doch sicher alle«, meinte Herr Braun, dem Jens' Leistung imponiert hatte.
Es sah so leicht, so spielerisch aus, wie der Junge die Stute über die Stangen lenkte. Als ob es Pferd und Reiter riesigen Spaß machte.
»Natürlich, bei uns reiten alle!« Herr Schubert lächelte. »Das bleibt in einer Familie wie der unseren gar nicht aus. Meine Frau beispielsweise ist früher gern und erfolgreich auf Turnieren gestartet. Andrea hat auch schon ein paar bunte Schleifen mit nach Hause gebracht. Na, und Jens, der fängt jetzt so richtig an. In diesem Sommer

werde ich ihn ein paarmal starten lassen. Er brennt richtig darauf und arbeitet in der Schule wie besessen, damit ich es ihm nicht noch im letzten Augenblick verbiete. Mein Ältester, Gert, ist anders. Er streift am liebsten allein mit seinem Pferd durchs Gelände, reitet hier und da mal eine Jagd oder eine kleinere Querfeldeinstrecke, aber das alles ohne Ehrgeiz. Und Alf – Sie haben es ja selbst gehört. Zur See möchte der Bengel! Obwohl er besser werden könnte als ich, wenn er nur wollte. Es ist einfach schade um seine Begabung. Aber jedes Wort, das ich sage, ist schon zu viel. Wenn Alf nicht will, dann will er nicht.« Herr Schubert sagte es ohne Bitterkeit. Alfs Zielstrebigkeit freute ihn.
»Vielleicht denkt er anders, wenn die Ferien vorbei sind. Nach der ersten richtigen Seekrankheit verliert das Fahren viel von seiner Romantik«, warf Kapitän Braun lächelnd ein. »Alf ist jetzt in einem Alter, wo man sich nicht gern etwas sagen lässt – am wenigsten von der eigenen Familie. Das haben wir doch alle durchgemacht!«
»Mag sein.« Der Reitlehrer nickte. »Es ist ja nicht so, dass ich ihn zu etwas zwingen will. Ich möchte ihm nur helfen, den richtigen Beruf zu finden.«
»Ich glaube, die Entscheidung können Sie Alf wirklich selbst überlassen. Er macht einen recht erwachsenen Eindruck auf mich. Auf jeden Fall wirkt er überzeugend. Wie jemand, der genau weiß, was er will.«
»Er scheint älter, als er ist. Er hat mehr mitgemacht als die meisten Jungen seines Alters und daran war ich nicht ganz schuldlos«, sagte Herr Schubert nachdenklich. Er

gab sich einen Ruck. »Warten wir ab, was er sagt, wenn sein erstes Abenteuer auf See überstanden ist. Ich danke Ihnen jedenfalls schon heute für Ihre Hilfe.«
»Der Dank ist ganz auf unserer Seite. Sie nehmen uns eine große Sorge ab. Hoffentlich weiß Conni das zu schätzen und benimmt sich entsprechend.«
Herr Braun nahm sich fest vor, vor seiner Abreise eindringlich mit ihr zu reden.
Zum ersten Mal mischte sich auch Connis Mutter ins Gespräch. »Vielleicht vergisst Conni hier ihre Träumerei ein bisschen. Sie macht mir manchmal richtige Sorge. Sie kann so vollständig in ihrer Traumwelt aufgehen, dass sie alles um sich her vergisst.«
»Dazu wird sie nicht viel Zeit haben. Wer mit Pferden zu tun hat, darf nicht träumen. Diese Erfahrung hat Conni auch schon gemacht«, sagte Herr Schubert ernst.
»Unsere vier werden Conni bestimmt in Trab halten. Es wird für sie ungewohnt sein inmitten einer solchen Horde. Aber ich bin sicher, dass sie sich schnell einlebt. Bisher hatte ich immer den Eindruck, sie sei gern bei uns.« Frau Schubert sagte es überzeugend.
»Und ob! Conni war in den letzten Wochen eigentlich nur noch zum Schlafen zu Hause«, erwiderte Frau Braun. »Dass Conni Heimweh bekommt, ist meine geringste Sorge.« Sie fürchtete vielmehr, dass ihre Tochter hier vollständig verwildern könnte, aber das sagte sie nicht laut. »Vielleicht haben Sie Recht. Der Trubel wird Conni gut tun.«
Als Frau Braun am übernächsten Tag das Fallreep zur

»Hansa« hinaufkletterte, fühlte sie sich so jung wie schon lange nicht mehr. Sechs Wochen lang würde sie mit ihrem Mann unterwegs sein und um Conni brauchte sie sich keine Sorgen zu machen. Das war wie Weihnachten und Geburtstag zusammen.

Conni muss sich umstellen

Wenn Conni gedacht hatte, ihr Einzug würde einen großen Wirbel verursachen, wurde sie enttäuscht. Es geschah nichts Besonderes.
Frau Schubert hieß sie mit ein paar freundlichen Worten willkommen, die Jungen nickten ihr wie immer kameradschaftlich zu, Andrea half ihr, die mitgebrachten Sachen einzuräumen – danach ging man zur Tagesordnung über. Es wurde überhaupt nicht viel Aufhebens um sie gemacht. Sie gehörte nun zur Familie und somit hatte sie sich einzufügen. Sonderbehandlung gab es keine. Auch keine Freudentränen oder schöne Worte.
Nach einer Woche hatte Conni festgestellt, dass es durchaus nicht nur Vorteile mit sich brachte, in einer großen Familie zu leben. Von daheim war sie es gewöhnt, sich den Tag so einzuteilen, wie es ihr gefiel. Die Mutter hatte – außer während der Zeiten, da sie berufstätig war – nicht viel von ihrer Tochter verlangt. Conni hatte es als selbstverständlich hingenommen, dass alles nach ihrem Kopf ging. Natürlich musste sie lernen, aber was und wann, das hatte die Mutter ihr überlassen.

Wie gut sie es gehabt hatte, merkte sie erst jetzt, wo sie nur noch eine unter fünfen war.
Die großen Jungen behandelten den Zuwachs nicht anders und nicht besser als Andrea.
Den ganzen Tag über wurde sie gefordert.
»Conni, näh mir doch mal schnell einen Knopf an, sonst verliere ich meine Hose.«
»Conni, wo zum Teufel hast du das Putzzeug hingetan? Du weißt ganz genau, dass du es in den Schrank zurücklegen sollst!«
»Abwaschen? Wo wir zwei Mädchen im Haus haben?«
»Conni, ist Mutter irgendwo? Oder haust du mir schnell ein paar Eier in die Pfanne? Ich fall um vor Hunger!«
»Conni, bist du denn wahnsinnig, auf der Tenne so eine Überschwemmung anzurichten? Wenn du baden willst, tu das gefälligst im Badezimmer und nicht im Stall!«
Zuerst war Conni erschrocken, dann bockig und zuletzt zuckte sie nur noch mit den Schultern.
Die Jungen meinten es ja nicht böse. Sie kamen nur nicht auf die Idee, zu Conni höflicher zu sein als zu ihrer eigenen Schwester.
Es war ein Glück, dass die Mädchen sich so gut verstanden. Zu zweit konnte man über vieles lachen, worüber man sich allein geärgert hätte. Gemeinsam gaben sie den Jungen Kontra, lachten über freche Redensarten und versorgten die hungrigen Männer, wenn Frau Schubert mal in der Stadt war.
»Wie hast du es nur allein mit der Bande ausgehalten?«, fragte Conni einmal verwundert.

Andrea lachte. »Was blieb mir anderes übrig, als damit fertig zu werden? Du wirst schon noch merken, dass wir uns im Grunde alle sehr gern haben. Wenn es wirklich hart auf hart geht, kannst du auf die Jungen zählen – auf jeden Einzelnen. Und man bekommt mit der Zeit ein richtig dickes Fell.«

»Hoffentlich«, meinte Conni, die sich manches scharfe Wort doch sehr zu Herzen nahm.

Wenn Jens zum Beispiel mit deutlichem Vorwurf sagte: »Mensch, Conni, und ich dachte, du wüsstest endlich, wie der Sattel liegen muss! So kriegt Lona garantiert 'ne Druckstelle!«, war sie hinterher stundenlang geknickt. Sie wollte ja so gern alles richtig machen, aber es gab beim Umgang mit Pferden immer vieles gleichzeitig zu beachten, dass ihr doch häufig Fehler unterliefen.

Die unbarmherzige Kritik von allen Seiten trug dazu bei, dass Conni mehr als bisher ihre Gedanken zusammennahm. Nur abends, wenn sie im Bett lag, kamen die vertrauten Träume. Dann ritt sie in halsbrecherischem Tempo, bändigte die wildesten Pferde und gewann alle Rennen und Turniere. Es war schon seltsam. Conni hatte keine Angst vor den Pferden. Sie putzte sie, nahm ihnen die Hufe auf, wusch Schweife, bandagierte Beine und sattelte für fremde Reiter. Aber vor dem Reiten hatte sie immer noch solche Angst, dass nichts sie dazu bringen konnte aufzusitzen. Weder Jens' Zureden, noch Gerts Frotzeleien. Nicht einmal die spöttischen Blicke der Klassenkameraden, die inzwischen zahlreich zum Unterricht erschienen, änderten etwas daran.

Nur Andrea drängte nie. »Lasst Conni gefälligst in Ruhe!«, fuhr sie die Jungen an. »Es ist ganz allein ihre Sache, ob sie reitet oder nicht. Ihr tut gerade so, als wäre es eine Schande, nicht zu reiten.«
»Na, erlaube mal, wenn man in einer Reitschule wohnt!«, warf Gert ein.
Aber Andrea unterbrach ihn verärgert: »Halt du bloß den Mund! Was verstehst du schon davon? Wenn man dich reiten sieht, macht man sowieso besser die Augen zu. Also lass andere in Frieden.«
»Willst du etwa sagen …« Gert fuhr hoch. Andrea hatte einen wunden Punkt berührt.
»Ruhe!«, donnerte Herr Schubert dazwischen. »Hier wird nicht gestritten, verstanden? Im Übrigen hat Andrea Recht. Wenn Conni nicht reiten will, ist das ihre Sache und es geht euch einen feuchten Staub an. Ist das jetzt endlich klar?«
Conni war die ganze Geschichte peinlich. »Weißt du, Andrea, ich möchte schon reiten. Aber wenn ich dann vor Lona stehe und mir vorstelle, dass ich da rauf soll, wird mir ganz schlecht«, sagte sie traurig, als die Mädchen abends allein in ihrem Zimmer waren.
Manchmal verstand Conni sich selbst nicht. Die Angst war da und nicht zu begründen.
Andrea nahm die Freundin tröstend in den Arm. »Du musst dir nicht so viele Gedanken darüber machen, Conni. Pass auf, eines Tages ist die Angst weg. Dann wirst du gar nicht mehr verstehen können, wieso du dich einmal gefürchtet hast. Ich bin fest davon überzeugt.«

»Wenn du nur Recht hättest!« Conni seufzte – und träumte von einer Zeit, da sie keine Bedenken mehr haben würde, sich auf das temperamentvollste Pferd zu setzen.
Ein weiterer trüber, unerfreulicher Punkt in Connis neuem Leben war die Tatsache, dass die leidige Schule wieder begonnen hatte.
»Wenn ich bedenke, was wir im Stall alles tun könnten in der Zeit, die wir hier vertrödeln«, sagte sie zu Andrea, die nur verständnislos den Kopf schüttelte.
»Gehst du so ungern zur Schule? Ich find's herrlich, auch mal was anderes zu hören als immer nur Pferde, Pferde, Pferde wie zu Hause.«
»Das verstehe ich nicht. Etwas Schöneres gibt es doch gar nicht«, wandte Conni ein. »Was meinst du, wie wir in der Klasse beneidet werden.«
»Ja, die!«
Andrea machte eine wegwerfende Handbewegung. »Die sehen ja auch nur das Positive. Von der ganzen Arbeit und der Sorge, die dahinter stecken, haben die doch keine Ahnung. Glaubst du, dass sie zum Reiten kämen, wenn sie unsere Arbeit machen müssten?«
»Aber das ist doch das Beste daran!«
»Sagst du! Hast du nie mitgekriegt, wie die blöden Gänse sich manchmal aufspielen? Neulich hat Martina zu Jens gesagt: ›Die Hufe kratz man schön selber aus. Ich bezahle fürs Reiten und nicht dafür, dass ich bei euch Pferdeknecht spiele.‹ Am liebsten hätte ich ihr eine gescheuert.«

»Martina spinnt sowieso. Das wissen doch alle. Die ganze Klasse ist dieser Ansicht.«

»Es gibt viele, die so sind. Die können einem das Reiten gründlich verleiden. Aber andererseits sind gerade sie es, die das meiste Geld bringen. So rosig, dass wir uns die Leute aussuchen können, die wir unterrichten wollen, geht es uns eben leider nicht. Vater muss erst Fuß fassen. Wir leben augenblicklich von der Hand in den Mund. Der Hof, die Pferde – da bleibt kein Geld übrig.«

Andrea wurde heftiger.

»Aber du glaubst doch, dass dein Vater es schafft? Dass ihr hier bleiben könnt?«, fragte Conni erschrocken.

»Natürlich«, sagte Andrea beruhigend. »Es wird schon werden. Ich wollte nur sagen, dass wir zu jedem Reitschüler – und wenn er noch so dumm ist – sehr, sehr freundlich sein müssen.«

Während dieses Gespräches gingen sie gemeinsam im Schulhof spazieren.

Die nächste Stunde, Religion, gab Conni Gelegenheit, über Andreas Worte nachzudenken.

So einfach war es anscheinend nicht, eine Reitschule zu eröffnen. Andreas Stimme hatte anders geklungen als sonst, so ernst, so sorgenvoll und erwachsen. Conni wurde das Gefühl nicht los, dass die Freundin längst nicht so optimistisch war, wie sie sich gab.

Mit mir sollen Schuberts jedenfalls keinen Ärger haben, nahm sie sich vor. Ich werde helfen, so gut ich kann.

Von diesem Augenblick an war das Helfen für Conni keine Spielerei mehr, sondern eine Aufgabe. Nur eines

vergaß sie fast völlig darüber – die Schule. Zum intensiven Lernen blieb keine Zeit.
Bei der ersten Vier in Deutsch hob Herr Schubert nur erstaunt die Augenbrauen. Aber als zwei Tage später eine Fünf in Mathematik folgte, nahm er Conni ins Gebet. Schließlich musste er sich darum kümmern, er hatte es den Eltern versprochen.
»Sag mal, was soll das heißen? Hast du solche Ausrutscher nötig? Du bist doch nicht dumm, Mädchen!«
Conni senkte den Blick. Es war ihr peinlich, dass ausgerechnet Herr Schubert sie rügte.
»Es war so viel zu tun …«, stotterte sie. Ein besseres Argument fiel ihr nicht ein.
»Mein liebes Kind, so viel Arbeit, dass du darüber die Schule vernachlässigen musst, kann es gar nicht geben«, sagte der Reitlehrer ernst. »Ich möchte dich nie mehr im Stall sehen, bevor du mir nicht ehrlich sagen kannst, dass du deine Aufgaben erledigt hast. Ist das klar?«
Conni schluckte. Sie hatte es doch nur gut gemeint. Aber das konnte sie nicht aussprechen.
Herr Schubert sah sie prüfend an und fuhr dann etwas milder fort: »Conni, wenn deine Eltern zurückkommen, möchte ich doch nicht sagen müssen: Ihre Tochter ist zwar in der Zwischenzeit eine perfekte Pferdepflegerin geworden, aber leider ist sie in der Schule sitzen geblieben! Was meinst du, was dein Vater dazu sagen würde?«
»Vati nichts, aber Mutti.« Conni musste grinsen, als sie sich das Gesicht ihrer Mutter nach einer solchen Eröffnung vorstellte.

»Na, sind wir uns einig?« Herr Schubert streckte dem Mädchen die Hand hin. »Ich bin überzeugt, dass du kannst, wenn du willst!«
Conni schlug ein. »Ich verspreche Ihnen, dass ich mir Mühe geben werde. Aber dass ich gute Zensuren kriege, kann ich nicht versprechen.«
»Warum nicht? Das musst du mir näher erklären.«
»Weil ...« Conni dachte an die vielen verträumten Stunden und die großen Lücken, die dadurch entstanden waren. Aber das konnte sie nicht in Worte fassen.
Sie schaute verlegen zu Seite.
»Soll ich raten?« Die Stimme des Reitlehrers klang jetzt so freundlich und kameradschaftlich, dass Conni unwillkürlich den Blick hob.
Gespannt wartete sie auf die nächsten Worte.
»Irre ich mich sehr, wenn ich annehme, dass du im Unterricht träumst?«
»Woher wissen Sie das?«, entfuhr es dem Mädchen.
»Weil ich auch einmal so ein Träumer war.« Herr Schubert lächelte. »In Gedanken, da war ich immer ein ganz toller Kerl, der nichts fürchtete. Da gab es kein Abenteuer, das ich nicht bestand. Wenn ich aufwachte, war immer alles ganz anders. Dann war es plötzlich vorbei mit meinem Heldentum. Ich war nur mehr der mittelmäßige Schubert.«
»Genauso geht es mir.« Noch nie hatte Conni mit einem Erwachsenen so offen über dieses Thema sprechen können. Sie fühlte sich zum ersten Mal verstanden. »Was haben Sie dagegen gemacht?«, fragte sie interessiert.

»Ich habe mich ganz intensiv mit einer Sache beschäftigt. Kannst du dir denken, was das war?«
»Pferde?«, fragte Conni zögernd.
»Ja, die Pferde«, sagte der Reitlehrer und nickte. »Ich stellte fest, dass ein lebendiges Pferd tausendmal schöner ist als der schönste Traum. Ich lernte, für sie zu sorgen, sie zu pflegen und zu reiten. Bald hatte ich keine Träume mehr nötig, um mir zu beweisen, dass ich ein Kerl war. Und wenn ich träumte, dann von Dingen, die es wirklich für mich gab – und nur noch nachts.«
»Meinen Sie, dass das bei mir auch hilft?«
»Vielleicht, wenn du dir Mühe gibst. Ich an deiner Stelle würde es wenigstens versuchen. Man kann eine ganze Menge, wenn man will.«
»Und wenn man das, wovon man träumt, nie erreicht?«
»Es gibt immer Dinge, die genauso schön sind. Man muss sie nur für sich entdecken.«
Herr Schubert gab Conni einen Klaps auf die Schulter. »Nun haben wir beide aber genug philosophiert. Ich sage Gert, dass er sich um deine Mathekenntnisse kümmern soll. Die Schande, ausgerechnet in diesem Jahr sitzen zu bleiben, kannst du mir nicht antun.«
Er wandte sich zum Gehen, drehte sich aber in der Tür noch einmal um. »Ehe ich es vergesse, Conni: Ich habe noch eine Überraschung für dich.«
»Für mich? Was denn?«
»Das …« Der Reitlehrer zögerte. »Das zeige ich dir morgen«, sagte er dann schnell und war verschwunden, ehe Conni den Mund aufmachen konnte.

Lächelnd sah sie ihm nach. »Und da verlangt er von mir, dass ich nicht mehr träumen soll! Was meint er denn, woran ich jetzt immerzu denken werden?«, murmelte sie gedankenverloren vor sich hin.

Conni bekommt eine Aufgabe

Der nächste Tag war ein Sonntag, zum Glück. Conni und Andrea hatten die halbe Nacht herumgerätselt, woraus die angekündigte Überraschung wohl bestehen könnte, und waren am Morgen todmüde. Sie saßen verschlafen am Frühstückstisch und achteten kaum auf das, was um sie herum geschah. Herr Schubert beobachtete sie aus den Augenwinkeln und dachte sich seinen Teil. Aber Conni sollte noch ein Weilchen zappeln. »Alf und Gert, ihr müsst heute Vormittag unbedingt die hintere Koppel in Ordnung bringen«, wandte er sich an seine Söhne. »Dort haben sich drei oder vier Stangen gelöst.«
»Was, heute?« Die Jungen wechselten einen ungläubigen Blick. Am Sonntag sollten sie Zäune reparieren? Das hatte es bisher noch nie gegeben. Das war ja eine Zumutung.
»Tun wir die Woche über etwa noch nicht genug?«, meuterte Gert.
Der Vater übersah die finsteren Gesichter großzügig. »Ja, heute«, wiederholte er freundlich. »Gegen zwölf kommt jemand, der sich die Weide anschauen will. Bis dahin muss alles tipptopp sein.«

Als Alf neben seinem Bruder aus dem Zimmer ging, schimpfte er leise: »Ein Glück, dass wir den Zaun letzte Woche schon gestrichen haben. Der Alte käme womöglich auf die Idee, uns auch diese Arbeit heute machen zu lassen. So ein Mist!«

»Durchaus möglich«, brummte Gert. »Los, komm, es hilft ja doch nichts.«

Die Mädchen, die heute nichts mit sich anzufangen wussten, im Schlepp, stapften sie zur Koppel.

»Wenn ihr schon hinter uns herdackeln müsst, könnt ihr euch zumindest nützlich machen«, wurden Conni und Andrea wenig freundlich aufgefordert. »Andi, du gehst mit Gert linksrum, Conni kommt mit mir«, bestimmte Alf. »Dann geht es wenigstens schnell.«

Es waren wirklich nur ein paar Stangen, die festgeklopft werden mussten. Nach einer halben Stunde fiel der letzte Hammerschlag. Sie waren fertig.

»So, das war's. Die Herrschaften können kommen.« Alf richtete sich auf. »He, was ist denn das?«

»Was? Wo?«, fragten die anderen durcheinander, ehe sie seinen Blicken folgten.

Gert entdeckte als Erster, was Alf meinte.

»Da kommt ja ein Transporter«, sagte er verwundert. »Ob Vater die Weide verpachten will?«

»Quatsch! Es ist die beste Koppel, die wir haben. Die verpachtet er doch nicht!«

Alf tippte sich an die Stirn.

»Aber was soll der Wagen dann?«, fragte Andrea.

»Weiß ich auch nicht«, meinte Alf achselzuckend. »Wir

werden es ja erfahren. Los, kommt. Vater gibt Zeichen, dass wir das Tor aufmachen sollen. Großer Bahnhof für kleine Leute«, witzelte er.
Die vier rannten quer über die Wiese.
Gert schob die Stangen beiseite.
»Gut so«, rief Herr Schubert. Er war vom Beifahrersitz gesprungen und dirigierte das Fahrzeug rückwärts an die Öffnung heran.
»Nicht weiter aufmachen, Gert. Nur gerade so weit, dass wir die Klappe herunterlassen können.«
Er machte sich an der Rückwand des Wagens zu schaffen, während der Fahrer umständlich aus der Kabine kletterte.
»Passen Sie aber auf, die Biester sind nicht angebunden«, warnte er.
Conni sah von einem zum anderen. Sie verstand kein Wort. Andrea hatte gleich begriffen, worum es ging. Sie zog Conni an dem Wagen vorbei auf die andere Seite des Zaunes. Die Jungen folgten.
Herr Schubert lockerte den letzten Haken. »Fertig?«, fragte er mit angespanntem Gesicht. Der Fahrer an der anderen Seite der Rückwand nickte.
»Dann los!«
Gleichzeitig ließen die Männer die Haken aus der Halterung schnellen. Die Klappe polterte zu Boden, die Männer sprangen zurück.
Ein schwarzer Schatten schoss an Conni vorbei, war mit einem Satz vom Wagen gesprungen, ohne die Rampe zu berühren. Ein schrilles Wiehern.

Ein zweiter Schatten folgte, ein dritter kleinerer trappelte die Rampe hinunter. War das Traum oder Wirklichkeit? Ungläubig sah sie Andrea an.
»Was …?«
»Die Überraschung!«
»Das?«
»Ja, das.« Herr Schubert trat zu den Mädchen. »Das ist meine angekündigte Überraschung. Drei halbwilde, von der Fahrt hierher restlos verwirrte Islandponys.«
Die Ponys waren nicht weit gelaufen. In einem dichten Knäuel standen sie beieinander.
Man konnte kaum erkennen, wo das eine Pony aufhörte und das nächste anfing. Misstrauisch sahen sie zu den fremden Menschen hinüber.
»Holt ein paar Eimer mit Wasser, Brot und Äpfel, was ihr findet«, wies Herr Schubert seine Söhne an.
»Wir wollen sehen, ob wir an die kleinen Teufel herankommen. Die Stute und das Fohlen kriegen wir vielleicht, aber mit dem Wallach wird es wohl doch Schwierigkeiten geben. Er soll ein halber Hengst sein. Mit ihm werden wir noch eine Menge Arbeit haben.«
»Tja, der Loki ist schwierig.« Der Fahrer kratzte sich am Kopf. »Als wir ihn verluden, hat er einen der Leute fast umgeworfen. Mit vier Mann haben wir ihn schließlich auf den Wagen getrieben. An dem werden Sie noch Ihre helle Freude haben.«
Die Mädchen hörten mit klopfendem Herzen zu. Drei Ponys auf einmal, noch dazu halb wilde, das war ein bisschen viel an einem gewöhnlichen Sonntagmorgen,

wenn man noch gar nicht richtig wach war. Sie ließen keinen Blick von der Gruppe auf der Weide. Für Conni war es ein eindrucksvolles Erlebnis.
Endlich kamen Gert und Alf zurück.
Jens folgte ihnen auf den Fersen. Er war nicht weniger aufgeregt als die Mädchen.
»Kann man die reiten, Vati?«
»Wenn du nahe genug herankommst, dass du aufsitzen kannst«, meinte der Fahrer lachend. »Die Stute ist sechs Jahre alt. Sie ist gefahren und geritten, nur im Augenblick ein bisschen verwildert.«
»Die Tiere haben fast ein halbes Jahr keinen Menschen gesehen«, erklärte Herr Schubert.
Er griff nach einem Eimer und einigen Äpfeln und winkte Alf, dasselbe zu tun.
»Wir wollen mal unser Glück versuchen.«
Bedächtig und halblaut vor sich hin redend ging er auf die Pferde zu. Alf tat es ihm nach.
Die drei Ponys ließen die Menschen nicht aus den Augen. Langsam wandten sie sich um und setzten sich in Bewegung. So wanderten sie eine halbe Stunde über die Weide. Jede hastige Bewegung vermeidend, umkreisten die Männer, sich immer wieder umblickend und den Abstand wahrend, die scheuen Tiere.
Als die Ponys wieder einmal abschwenkten, stellte Alf seinen Eimer ab. »Ich habe schon ganz lahme Arme.«
»Ja, wir müssen aufgeben. Heute kommen wir doch nicht mehr an sie heran. Wir stellen die Eimer vorne an das Tor. Dort werden sie das Futter schon finden. Durst

müssten die armen Tiere ja haben. Sie haben stundenlang auf dem Wagen gestanden. Eingepfercht und tüchtig durchgerüttelt.« Sie stellten die Eimer drei Meter vor dem Zaun auf die Wiese und schlossen sorgfältig die Stangen, nachdem der Wagen abgefahren war.
»Herrschaften, hört zu.« Herr Schubert sah seine Bande an. »Dieses Tor darf in den nächsten Tagen und Wochen auf keinen Fall geöffnet werden. Wer den Tieren Wasser bringt, klettert durch die Stangen, verstanden? Außerdem habt ihr dafür zu sorgen, dass sich keine Reitschüler hierher verirren. Die drei brauchen erst einmal Ruhe, um sich von den Aufregungen zu erholen. Was sie von uns Menschen halten, habt ihr ja gesehen. Kann ich mich ganz auf euch verlassen?«
»Na klar«, antwortete Alf für alle. »Wir sind doch keine Anfänger!«
»Dürfen wir noch eine Weile hier bleiben?«, bat Conni, als der Reitlehrer sich zum Gehen wandte.
»Ihr geht aber nicht auf die Weide?«, fragte Herr Schubert sicherheitshalber.
»Bestimmt nicht!«, versicherten Conni und Andrea wie aus einem Mund.
»Dann dürft ihr heute Abend wieder herkommen. Jetzt geht ihr mit zum Haus. Wenn hier am Zaun jemand steht, saufen die Tier nie.« Herr Schubert hatte Erfahrung mit ungebärdigen Pferden.
Die Mädchen fügten sich. Sie sahen ein, dass es so besser war. Nur Jasmin, die junge Hündin, hatte von der ganzen Aufregung herzlich wenig mitbekommen. Sie

lag auf ihrem Platz und schlief, als die Familie heimkam. »Ich habe sie gerade noch am Schlafittchen zu fassen gekriegt«, berichtete Frau Schubert. »Sonst wäre sie hinter euch hergesaust und hätte nur Verwirrung gestiftet. Wie hat es denn geklappt?«
»Wir haben die Ponys sicher auf der Weide, aber das ist auch alles«, sagte ihr Mann. »Bis wir die drei handzahm haben, wird noch eine ganze Zeit vergehen.«

Die Nachricht, dass es auf dem Schubertschen Hof drei Ponys gab, verbreitete sich wie ein Lauffeuer, nicht nur unter den Reitschülern. Alle Augenblicke standen fremde Kinder auf dem Hof und am Zaun. Sie wollten zu den neu eingetroffenen Pferden.
»Dürfen wir die Ponys sehen?«, war eine Frage, die bald von allen gefürchtet wurde.
»Es tut mir jedes Mal Leid, wenn ich die Kinder wegschicken muss«, sagte Frau Schubert. »Ich weiß schon gar nicht mehr, wie ich sie vertrösten soll, bis wir sie an die Koppel heranlassen können. Vorläufig ist es aber noch viel zu gefährlich.«
Conni und Andrea wurden in der Klasse mit Fragen regelrecht bombardiert.
»Warum kann man die denn nicht anfassen? Das sind doch Reitponys, oder?«
Andrea versuchte vergeblich zu erklären: »Die Isländer sind so scheu, dass man nicht näher als ein paar Meter an sie herankommt. Sie werden wohl schlechte Erfahrungen mit Menschen gemacht haben.«

»Aber ihr tut ihnen doch nichts«, wandte Petra ein. »Es heißt immer, Tiere spüren genau, wenn man es gut mit ihnen meint.«
»Sicher haben sie einen Instinkt dafür«, gab Andrea zu. Dann erklärte sie: »Aber solange wir nicht an sie herankommen, können wir ihnen nur auf eine Art zeigen, dass sie von uns nichts zu befürchten haben: indem wir sie mit Futter und Wasser versorgen und sie im Übrigen ganz in Ruhe lassen.«
Jens war der Erste, der einen Erfolg zu verzeichnen hatte. Nach einer Woche konnte er die Stute zum ersten Mal anfassen, als er sie mit einem Apfel lockte. Danach war es nur noch eine Frage der Zeit, wann sie ihm ganz trauen würde.
Herr Schubert freute sich über den Erfolg seines Jüngsten genauso wie Jens selbst. Unermüdlich warb der Junge um das Vertrauen des Tieres und endlich hatte er es geschafft. Er durfte der Stute ein Halfter überstreifen und sie herumführen. Das Fohlen machte sowieso alles nach, was die Mutter tat. Da gab es keine Schwierigkeiten. Nur der Wallach war auch nach zwei Wochen noch genauso scheu und misstrauisch auf Abstand bedacht wie am ersten Tag. Er sprang davon, sobald man sich ihm näherte.
»Was sollen wir nur mit ihm machen?« Herr Schubert überlegte. »Einmal muss er doch merken, dass ihm bei uns nichts Böses geschieht.«
»Vielleicht sollten wir ihn ein paar Tage in den Stall nehmen«, schlug seine Frau vor.

»Das würde ich nur ungern tun. Dazu müssten wir ihn von den anderen trennen. Ich weiß etwas Besseres«, sagte er plötzlich. »Wie ist es, Conni, hast du Mut?«
»Wenn sie nicht gerade reiten soll«, stichelte Gert, aber niemand achtete darauf.
»Doch, ich glaube schon.« Conni nickte. »Warum?«
»Du hast doch gesehen, wie Jens die Stute gezähmt hat. Traust du dir dasselbe bei dem schwarzen Teufel zu?«, fragte Herr Schubert.
»Ich?«, stieß Conni ungläubig hervor.
»Ja, du.« Der Reitlehrer nickte. »Ich glaube, du hast in der Zwischenzeit so viel gelernt, dass du keine Fehler machen wirst. Ich habe das Gefühl, dass der Wallach nur auf uns Männer so schlecht zu sprechen ist. Es kann sein, dass du als Mädchen mehr Glück bei ihm hast.«
»Glauben Sie das wirklich?« Conni war stolz und ängstlich zugleich.
»Möglich ist es und wir wollen nichts unversucht lassen. Es gibt Pferde, die typische Frauenpferde sind, weil sie irgendwann einmal von einer Frau gepflegt wurden, sei es als Fohlen oder während einer Krankheit. Wie ist es? Willst du es versuchen?«
Conni bekam vor Freude rote Wangen.
»Mach dir keine Illusionen, Conni. Es wird nicht leicht sein. Du wirst viel Geduld haben müssen. Womöglich versucht er auch zu beißen oder zu schlagen. Allerdings habe ich das bei ihm noch nicht beobachtet. Er ist bis jetzt immer nur weggesprungen, wenn sich jemand genähert hat. Trotzdem musst du aufpassen wie ein

Schießhund. Keine Träumerei, das ist dir doch klar?« Herr Schubert sprach ernst und eindringlich.
»Ja.« Conni sah den Reitlehrer fest an. »Ich will es versuchen. Ich möchte dann auch immer selbst das Wasser hinbringen und etwas Heu, wenn ich darf.«
»So ist es richtig. Wenn schon, denn schon. Ich drücke dir beide Daumen, dass du es schaffst.«

Erste Erfolge

Jeden Morgen, noch vor dem Frühstück, ging Conni mit den schweren Wassereimern zur Weide. Natürlich wäre es einfacher gewesen, wenn die Jungen eine große Wanne herausgeschafft hätten, aber Conni war eigensinnig: Sie hoffte den Wallach mit Hilfe ihres Eimers schneller zutraulich machen zu können.
Die anderen ließen sie gewähren. Ein wenig bewunderten sie auch ihre Konsequenz.
Wenn Conni den Weg herunterkam, stand die kleine Stute, die sie Freya getauft hatten, bereits wartend am Zaun. Sie begrüßte das Mädchen mit leisem Schnauben und löschte ihren Durst, während das Fohlen sie neugierig betrachtete. Der Kleine hatte bald jede Scheu verloren und forderte Conni unmissverständlich zum Spielen auf. Sie war hellauf begeistert von dem drolligen Pferdekind. Nur der Wallach machte ihr weiterhin Sorgen. Er beobachtete sie stets aus angemessener Entfernung und ging erst ans Wasser, wenn sie fort war.

Jedenfalls war mittags, wenn Conni nach der Schule zur Weide lief, auch der zweite Eimer leer.
Der Wallach blieb scheu und eigenwillig.
Conni hatte es jetzt immer mächtig eilig heimzukommen. Nie mehr trödelte sie auf dem Schulweg herum wie früher. Auch die Aufgaben erledigte sie im Handumdrehen und trotzdem lernte sie besser und gründlicher. Alf und Gert überwachten sie unbarmherzig. Sie setzten ihre Ehre daran, Conni vor dem drohenden Abrutsch zu bewahren. Zuerst hatte das Mädchen über die ständige Kontrolle gemurrt, doch als sie merkte, dass sie vorankam, wuchs ihr Interesse. Sie fing an, selbstständig zu arbeiten. Die Schulstunden verloren viel von ihrem Schrecken.
Obwohl Conni fleißig lernte – für »ihre« Ponys hatte sie immer noch Zeit genug.
Der morgendliche Gang zur Weide war für sie das Schönste vom ganzen Tag. Selbst bei schlechtem Wetter lief Conni vor der Schule zur Koppel.
Und dann, eines Morgens, standen alle drei Ponys am Zaun. Conni ließ vor Überraschung fast einen Eimer fallen, als sie den Schwarzen entdeckte. Behutsam kletterte sie zwischen den Stangen hindurch. Sie stellte Freya ihren Eimer vor die Nase und näherte sich mit dem anderen vorsichtig dem Wallach. Loki wich langsam ein paar Schritte zurück. Sofort blieb Conni stehen.
»Komm nur, komm! Ich tu dir doch nichts, mein Kleiner«, lockte sie. »Komm, ich habe auch einen Apfel für dich.« Seit Tagen trug sie Äpfel mit sich herum, immer

auf eine Gelegenheit hoffend, dicht genug an den scheuen Isländer heranzukommen, um ihm den Leckerbissen anzubieten.
Dem Wallach stieg der verführerische Duft in die Nase. Er blieb stehen und blickte Conni abwartend an.
»Na, komm schon!« Das Mädchen streckte den Arm ganz weit vor.
Das Pony reckte den Hals, zuckte noch einmal zurück – und schnappte dann so blitzschnell zu, dass Conni einen Aufschrei unterdrücken musste.
Sie beherrschte sich im letzten Augenblick. Jetzt durfte sie ihn keinesfalls erschrecken. »So ist es brav, mein Kleiner. Ganz fein«, lobte sie den Wallach, der sich mit seiner Beute sofort zurückgezogen hatte.
Conni fütterte auch die Stute noch mit einem Apfel und rannte dann, so schnell sie konnte, zum Haus zurück. Sie war viel zu spät dran. Die anderen waren bestimmt längst mit dem Frühstück fertig. Ob sie es wenigstens noch schaffte, rechtzeitig in die Schule zu kommen?
»Loki hat einen Apfel von mir genommen!« Conni fegte ins Zimmer, dass die Gardinen wehten. »Er hat richtig auf mich gewartet!«
Herr und Frau Schubert schauten sich an. Konnten sie jetzt noch wegen Connis Zuspätkommen schelten?
»Klasse, Conni!« Jens strahlte die Freundin an. »Pass auf, nun geht es ganz fix. In einer Woche ist er zahm.«
»Dein Wort in Gottes Ohr.« Conni war noch immer außer Atem. »Aber jetzt muss ich sausen, sonst komm ich zu spät. Ist Andrea schon weg?«

»Andi ist vor einer Viertelstunde losgefahren«, sagte Herr Schubert.
»Du setzt dich erst mal hin und isst etwas«, bestimmte seine Frau. »Ich fahre dich nachher mit dem Wagen in die Schule. Das hast du dir heute verdient. Zurück musst du dann aber laufen. Dein Fahrrad passt nicht in den Kofferraum.«
»Das macht nichts.« Conni setzte sich erleichtert. »Hauptsache, ich kriege noch was in den Magen.«
»Du kannst heute mal mein Rad nehmen. Das kriegt ihr ins Auto«, schlug Jens vor, der Conni gern einen Gefallen tun wollte. »Ich fahre dafür mit deinem. Ich habe noch eine ganze Stunde Zeit. Mathe fällt aus. Glück muss der Mensch haben.«
»Du, das finde ich unheimlich nett. Wenn du mal von mir was brauchst, musst du es nur sagen.« Conni freute sich. Über das Frühstück, über Jens und vor allem über ihre Fortschritte mit Loki.

Jens' Prophezeiung schien einzutreffen. Mit jedem Tag verlor der Isländer etwas von seiner Scheu. Bald konnte Conni ruhig stehen bleiben, wenn er trank, und eines Tages ging er auch nicht fort, nachdem er seinen Durst gelöscht hatte, sondern blieb erwartungsvoll stehen. Er wartete auf seinen Apfel.
Conni war selig. Sie legte dem Rappen die Hand auf die Nase und er ließ es geschehen, dass sie ihn streichelte. Sie hatte es tatsächlich geschafft! Ihr erster eigener Erfolg im Umgang mit Pferden.

Nachdem Loki sein Misstrauen verloren hatte, war es auch für die anderen leichter, sich mit ihm anzufreunden. Der Schwarze hatte von Natur aus ein freundliches Wesen.

»Ich glaube, er ist froh, dass er nun keine Angst mehr zu haben braucht«, sagte Conni einmal. »Er sieht richtig erleichtert aus, findet ihr nicht?«

»Es ist für ein Pferd auch nicht schön, wenn es in ständiger Anspannung und Fluchtbereitschaft leben muss«, erklärte Herr Schubert. »Sicherlich waren seine Scheu und das Misstrauen den Menschen gegenüber schlimm für ihn selber.«

»Dann habe ich also nicht nur uns, sondern auch ihm geholfen«, stellte Conni zufrieden fest.

»Das hast du. Dafür kannst du dir etwas wünschen, Conni. Es darf nur nicht allzu viel kosten.«

»Es kostet gar nichts!« Connis Augen leuchteten. »Ich möchte gerne mitfahren, wenn Jens am nächsten Sonntag auf seinem ersten Turnier startet.«

»Abgemacht!« Herr Schubert lachte. Er hatte mit so etwas gerechnet. Dass er Conni ohnehin mitgenommen hätte, sagte er nicht. Sie sollte das Gefühl haben, sich diesen Tag durch eigene Leistung verdient zu haben.

Die folgende Woche war voller Ereignisse. Zwei Jungen aus Alfs Klasse bekamen eigene Pferde, die sie in der Reitschule unterstellten. Dazu kam ein weiteres Pony, das für den Besitzer eingeritten werden sollte. Herr Schubert rieb sich die Hände.

Pensionspferde bedeuteten Geld in der Kasse und Geld konnte er im Augenblick wahrhaftig gebrauchen, auch wenn der Schulbetrieb langsam anlief, so wollte er doch noch manches verbessern.
Conni staunte immer wieder, wie viele Menschen das »Glück auf dem Rücken der Pferde« suchten. Junge, Alte, Dicke, Dünne, Reiche und weniger Wohlhabende waren dabei. Allein aus ihrer Klasse hatten sich elf Mädchen und vier Jungen zum Reiten angemeldet. Herr Schubert gab Unterricht am laufenden Band. Die Pferde machten Überstunden.
»Wenn das so weitergeht, muss ich die Leute wieder nach Hause schicken«, sagte er am Mittwochabend vor dem Turnier stöhnend. »Ich kann die Tiere nicht noch mehr belasten. Lona müsste ich von Rechts wegen ganz aus dem Betrieb ziehen, wenn Jens am Sonntag eine reelle Chance haben soll.«
»Kannst du nicht einige der Privatpferde einsetzen?«, erkundigte sich Frau Schubert. »Ich meine, du könntest ja die Pensionspreise etwas herabsetzen und mit den Eignern vorher sprechen.«
»Ich habe bereits alle gefragt, keiner hat angebissen«, antwortete ihr Mann. »Ich kann es ja auch verstehen. Besser werden die Pferde nicht davon.«
»Was ist denn mit deinem alten Freund Heinrich Bolle? Ich habe gehört, dass er seinen Betrieb aufgeben will. Vielleicht kann er dir ein oder zwei seiner Schulpferde zu einem günstigen Preis überlassen. In seiner Situation ist man über ein Kaufangebot froh.«

»Traudi, du bist ein Schatz!«
Herr Schubert sprang auf.
»Dass ich nicht eher daran gedacht habe. Ich werde sofort mit ihm telefonieren! Das ist wahrscheinlich der rettende Einfall!«
Strahlend kam er zurück. »Es klappt, Kinder, es klappt! Wir kriegen nicht zwei, sondern gleich drei Pferde. Das Beste, was Heinrich noch im Stall hat: Mara, eine Sechsjährige, Heiduck, der ist fünf, und Pummel. Pummel müsstet ihr eigentlich noch kennen.«
Andrea überlegte einen Augenblick. »Ist das die kleine dicke Stute, dich mich mal in den Misthaufen geschmissen hat? Die muss doch uralt sein!«
»Die ist …« Herr Schubert rechnete. »Achtzehn muss sie sein. Aber immer noch unverwüstlich. Gerade das Richtige für die Kinder, die wir noch nicht auf die ungebärdigen Ponys setzen können.«
»Wann kommen die edlen Rösser?«, fragte Alf ohne Begeisterung.
Mehr Pferde bedeuteten mehr Arbeit. Er fand es ganz schön so, wie es zur Zeit war.
»Morgen schon. Heinrichs Sohn bringt sie her.« Der Reitlehrer wandte sich an seinen Jüngsten. »Das passt uns ausgezeichnet, nicht, Jens? Dann hast du deine Lona zwei Tage für dich allein und kannst in aller Ruhe trainieren.«

Der Tag von Jens' erstem Turnier war gleichzeitig sein zwölfter Geburtstag, doch das zählte diesmal nicht. Ge-

burtstag hatte man schließlich jedes Jahr. Der erste Start – das war nur einmal.
Jens nutzte die beiden Tage weidlich aus. Am liebsten wäre er überhaupt nicht mehr aus dem Sattel gestiegen – er, der kommende Weltmeister. Sein Vater musste ihn energisch bremsen.
»Schraub deine Erwartungen nicht zu hoch«, warnte er. »Es kann durchaus sein, dass du leer ausgehst, mein Sohn. Ein Turnier ist kein Spazierritt. Eine mögliche Niederlage muss man einkalkulieren.«
»Wieso denn? Lona springt doch fabelhaft«, wandte Conni ein, die den Freund immer mehr bewunderte. Was der sich alles traute!
»Trotzdem!« Der Reitlehrer lachte. »Die anderen Pferde sind auch keine Ackergäule. Viele Reiter haben bereits mehr Erfahrung und sind dadurch im Vorteil. Glaubt mir, auf einem Turnier ist alles ganz anders.«
»Weiß ich doch«, sagte Jens wegwerfend. »Ich habe oft genug zugeschaut, wenn du geritten bist. Vor der Konkurrenz habe ich bestimmt keine Angst. Mit Lona ist so ein Springen eine Kleinigkeit. Und eine Taktik habe ich mir auch zurechtgelegt.«
Sein Vater sagte nichts mehr. Abwarten, dachte er. Der Dämpfer kommt noch früh genug. Die Bäume wachsen schon nicht in den Himmel.

Die Zeit bis zum Sonntag schleppte sich dahin. Für Conni war es fast am schlimmsten. Sie wurde immer aufgeregter, so gespannt wartete sie darauf, Jens reiten zu

sehen. Es war nur gut, dass sie sich um die Schule und die Ponys kümmern musste. Das lenkte ab.
Jens wurde im Gegensatz zu Conni jeden Tag stiller.
»Na, du tapferer Krieger, verschlägt es dir langsam die Sprache?«, neckte Alf.
»Hast du Lampenfieber?«, erkundigte sich Conni besorgt. Wenn Jens bloß nicht nervös wurde!
»Sollen wir dich streichen lassen?«, fragte Gert spöttisch grinsend.
»Lasst mich in Frieden!«, knurrte der Kleine. Die Familie fiel ihm langsam auf den Wecker. Entweder sie waren besorgt wie Conni oder sie ärgerten ihn wie die großen Brüder. Er hatte es satt. Die einzig Vernünftige war die Mutter. Sie erkundigte sich lediglich, ob er seine Hausaufgaben gemacht hatte. Er hatte.
Andrea, Conni, Gert und Herr Schubert begleiteten Jens zu seinem ersten Turnierstart.
Andrea war inzwischen genauso ungeduldig wie Conni. Es war doch etwas anderes, ob man selbst ritt oder ob man zum Zuschauen verdammt war.
Jens war von dem Augenblick an, wo Lona verladen wurde, die Ruhe selbst. Das Schlimmste war für ihn vorbei – die scheinbar endlose Warterei. Nun musste er nur noch reiten. Und siegen natürlich.
Auf dem Turnierplatz herrschte bereits reges Leben. Seit dem frühen Morgen waren die verschiedensten Prüfungen im Gange.
Conni sah fröhliche, verbissene und hin und wieder auch verheulte Gesichter.

Jeder war auf Wettkampf eingestellt. Jeder schien nervös zu sein. Herr Schubert schickte die Mädchen los, um Jens' Startnummer zu holen.
»Bringt auch ein Programm mit!«, rief Gert ihnen nach.
»Der will bloß wissen, ob auch eine von seinen Flammen heute startet«, behauptete Andrea. »Wenn eine seiner Freundinnen gewinnt, rennt er sofort hin und tut, als ob er ganz dazugehört. Er ist manchmal ein schrecklicher Angeber.«
»Hoffentlich hat Jens Glück. Ich würde es ihm gönnen«, sagte Conni und war mit ihren Gedanken ganz woanders. Insgeheim nahm sie bereits stolz und strahlend an Jens' Siegerehrung teil.
»Abwarten«, meinte Andrea. »Vater hat schon Recht. Beim ersten Mal springt selten eine Schleife dabei heraus. Der Jens wird da keine Ausnahme machen.«
Sie beeilten sich, zur Anmeldestelle zu kommen.
Der Mann hinter dem Tisch begrüßte Andrea kameradschaftlich. »Na, Andi? Was willst du gewinnen?«
»Gar nichts. Jens reitet«, erwiderte Andrea lachend. Sie war heute gerne Zaungast.
»Viel Glück«, wünschte der junge Mann und wandte sich dem nächsten Reiter zu.
»Du kennst aber auch alle Leute!«, bemerkte Conni. Sie beneidete ihre Freundin ein wenig.
»Das ist doch kein Wunder! Was meinst du, auf wie vielen Turnieren ich schon dabei gewesen bin, wenn Vater oder Alf gestartet sind. Auch ich bin manchmal als Teilnehmerin geritten.«

Conni dachte an Andreas Schleifensammlung und nickte. »Warum reitest du eigentlich heute nicht?«
»Wir haben zur Zeit nur ein geeignetes Pferd, die Lona. Die tut aber augenblicklich so viel im Schulbetrieb, dass sie heute nicht mehr als zwei Sachen gehen soll. Sie wird auch schon ein bisschen alt und für die Dressur ist sie nie sonderlich geeignet gewesen. Aus der Springerei mache ich mir nicht viel. Darum lasse ich es ganz.«
»Aber du kannst doch springen«, sagte Conni. »Das habe ich selbst gesehen.«
»Natürlich. Es gehört nun mal dazu. Mit richtiger Begeisterung bin ich aber nie gesprungen. Ja, wenn wir ein Pferd im Stall hätten, mit dem ich eine gute Dressur reiten könnte …«
Andrea zuckte mit den Schultern.
Sie liefen zu den anderen zurück, die schon ungeduldig warteten. Jens saß bereits auf Lona und ritt unter Aufsicht seines Vaters Bogen und Schleifen, um das Pferd locker und geschmeidig zu machen.
Bald darauf wurde er an den Start gerufen.
»Zu dumm, dass das Springen vor der Reiterprüfung liegt«, bemerkte Herr Schubert ärgerlich. »Nachher ist Lona bestimmt so aufgekratzt, dass sie in der Abteilung kaum zu halten sein wird.«
Vier Augenpaare verfolgten Jens' Ritt voller Spannung. Es fing ganz harmlos mit einer halbmeterhohen Stange an. Lona sprang lässig darüber. So was nahm sie gar nicht ernst. Jens merkte, wie willig sein Pferd ging, und legte an Tempo zu.

Es kam zwar nicht auf die Zeit, sondern auf den Stil an, aber er hielt es für vernünftiger, ein bisschen Gas zu geben. Die Strafe folgte prompt.
Durch das erhöhte Tempo wurden Lonas Sprünge ungenauer. Es klapperte ein paar Mal verdächtig, dann polterte eine Stange zu Boden.
Jens erschrak.
Er ärgerte sich über seine Unvorsichtigkeit, aber der Fehler war geschehen.
Um ihn gutzumachen, hielt er Lona vor dem nächsten Sprung zurück. Aber das war ausgerechnet der Wassergraben, der Tempo verlangte, um überwunden zu werden. Lona, die nicht mehr wusste, was man von ihr wollte, tat etwas, das sie nie gemacht hatte: Sie blieb stehen.
»Was macht der Bengel denn nur?« Herr Schubert schüttelte ärgerlich den Kopf. »Er tut ja, als ob er noch nie auf einem Pferd gesessen hätte!«
Mit sieben Fehlerpunkten und einer mittelmäßigen Stilnote kam Jens aus dem Parcours.
»Du brauchst gar nichts zu sagen, Vati.« Er sprang vom Pferd, klopfte Lona den Hals und lockerte den Gurt.
»Ich weiß selbst, dass ich schuld war. Lona konnte wirklich nichts dafür.«
»Wenn du es nur einsiehst«, brummte Herr Schubert friedlich. Er war gar nicht böse über Jens' Fehler. So lernte der Junge am schnellsten, dass ein großes Mundwerk und ein gutes Pferd noch lange keinen Sieg bedeuteten.
In der Reiterprüfung sah es für Jens immerhin etwas bes-

ser aus. Lona war zwar noch vom Springen nervös und wollte sich nicht gleich in die Abteilung einordnen lassen, aber dann ging es doch.
Jens bekam eine grüne Schleife für seinen Ritt.
»Das ist nur eine Anerkennung«, vertraute er den Mädchen an. »Aber immerhin ist es meine erste Schleife.«
»In vierzehn Tagen kannst du beweisen, dass du heute etwas dazugelernt hast«, sagte der Vater, als er Jens gratulierte. »Dann ist in unserem Nachbarort ein Turnier. Das wäre etwas für Lona und dich. Wir werden Lona melden.«
»Dann mache ich es besser«, versprach Jens. »Du wirst sehen, Vater, dann gewinne ich! Dieselben Fehler wie heute passieren mir nicht noch einmal.«

Der tägliche Kram

Der Mai hatte sich in diesem Jahr von seiner schlechtesten Seite gezeigt. Regen und Kälte, Kälte und Regen. Nun wurde es langsam besser.
Mit dem Juni kam auch die Sonne. Schon auf dem Turnier hatte sie zaghafte Versuche unternommen, die dichte Wolkendecke zu durchdringen.
Drei Tage später strahlte sie vom Himmel, als hätte es nie Regen gegeben.
Jeder atmete auf, vor allem aber Herr Schubert, der nun nicht mehr im Ölzeug in der Reitbahn stehen musste.

»Wenn es noch lange so weitergegangen wäre, hätte ich mir Flossen wachsen lassen müssen«, meinte er. Seine gute Laune, die ein paar Tage lang unter den Wassermassen gelitten hatte, war mit einem Schlag wieder da. Seine Schüler lernten ihn in diesen Tagen von der besten Seite kennen. Er machte Witzchen und wurde bei Fehlern nicht heftig.
Das gute Wetter hielt an. Bald rannten Conni, Jens und Andrea in kurzen Hosen und leichten Pullis über den Hof. Die Stiefel, die sie trugen, sahen merkwürdig dazu aus. Herr Schubert hatte ihnen strikt verboten, in Sandalen oder gar barfuß den Stall zu betreten. Das Einzige, was er gelten ließ, waren Holzpantinen.
Conni stand, sooft es ging, an der Reitbahn und sah dem Unterricht zu. Sie lernte hochmütig blickende Reiter kennen, die sich in Häufchen Elend verwandelten, wenn es hieß: »Bügel überschlagen!« oder: »Wir wollen noch einen Sprung machen!«
Sie gewöhnte sich an den Anblick von Anfängern, die wie Klammeraffen auf den Pferden hockten, herunterfielen und doch immer wieder zum Unterricht kamen.
»Warum die reiten lernen will, begreife ich im Leben nicht«, meinte Conni und deutete mit dem Kopf auf den Platz. »Die« war eine rundliche ältere Dame. Mit krummem Rücken, hochgezogenen Absätzen, zitternden Händen und unruhigen Beinbewegungen schien sie unmittelbar einem Lehrbuch entsprungen zu sein. Allerdings einer Seite mit abschreckenden Beispielen. Nur mühsam hielt sie sich auf der gutmütigen Pummel, die

gleichmäßig an der Longe im Kreis ging. Das Pferd hatte schon Schlimmeres durchgemacht.
»Versuchen Sie Ihre Beine ganz lang zu machen. So, und nun die Hände schön ruhig halten. Kopf hoch!« Die Geduld des Reitlehrers war anscheinend unerschütterlich.
»Antraben! Mit beiden Beinen fest drücken. Na also, es geht doch! Und leicht traben! Und hoch und hoch und hoch!«, kommandierte er im Takt, um der Reiterin das Aufstehen aus dem Sattel zu erleichtern. »Wenn die äußere Pferdeschulter vorgeht, stehen Sie auf. Ja, so ist es richtig. Sehr schön!« Er ließ Pummel wieder in Schritt fallen, um der Reiterin Gelegenheit zu geben, sich von den Anstrengungen des Trabens zu erholen.
»Warum er die Tante auch noch lobt, möchte ich wissen!« Jens, der sich zu Conni und Andrea gesellt hatte, schüttelte mitleidig und verwundert zugleich den Kopf. »So wird er die nie los.«
»Wenn dein Vater Pummel nicht an der Longe hätte, würde das Faultier die ganze Stunde über in der Mitte stehen«, meinte Conni grinsend.
»Ihr dürft nicht hetzen«, tadelte Andrea. »Am Anfang sieht kaum jemand gut auf einem Pferd aus. Das Fräulein Müller dort ist bestimmt nicht die Schlechteste.« Andrea hatte wie ihr Vater ein gutes Auge für Reitschüler. Sie konnte sie erstaunlich schnell einordnen. Ihr war längst aufgefallen, dass das pummelige Fräulein Müller, das nach jeder Stunde nass geschwitzt und mit aufgelöster Frisur vom Pferd stieg, nie ohne ein Stück Brot oder Zucker zu den Pferden kam.

»Du hast Recht, Andi«, sagte Conni. »Ich dürfte mich sowieso nicht abfällig äußern, wo ich noch nicht ein einziges Mal auf einem Pferderücken gesessen bin.«
»Eben.« Andrea nickte. »Und auch von Jens ist es unfair zu lachen. Er ist schließlich mit Pferden aufgewachsen.«
»Ich bin ja schon still!« Jens winkte ab. »Zum Glück gibt es ja auch noch andere Reitschüler, über die man sich amüsieren kann, weil sie angeben wie ein Sack voller Flöhe.«
»Das ist etwas ganz anderes.« Jetzt lachte auch Andrea. »Angeber sind selbst schuld, wenn sie geärgert werden.«
In der nächsten Stunde war dann eine ganze Abteilung in der Bahn.
Auch dies waren Anfänger und Herr Schubert hatte große Mühe, Ordnung in die Gruppe zu bringen. »Wer von euch holt mir mal eine Reitgerte?«, rief er fragend zu den Zuschauern hinüber.
»Ich gehe!« Conni rannte davon.
Unterwegs verlor sie ihren rechten Holzschuh. Anstatt ihn wieder anzuziehen, streifte sie auch noch den linken ab und lief barfuß weiter. So rannte sie in den Stall.
»Au!« Conni lehnte sich kreidebleich gegen die Wand und griff sich an den linken Fuß. Aus der Sohle rann Blut. Sie war mit voller Wucht in eine herumliegende Mistforke getreten. »Verflixt, tut das weh!«
»Was schreist du denn?«
Alf steckte den Kopf durch die Tür der Sattelkammer. »Ach herrje!« Mit zwei Schritten war er bei Conni und besah sich die Wunde.

»Kannst du laufen?«, fragte er. »Ich werde dich verbinden. In der Sattelkammer ist Verbandszeug.«
»Ich muss deinem Vater eine Gerte bringen.«
Conni verbiss ein Stöhnen und humpelte auf Alf gestützt zu dem kleinen Raum, in dem die Sättel ordentlich untergebracht waren.
»Einen Quatsch musst du«, schnauzte Alf sie ungehalten an. »Glaubst du, ich lasse dich mit dieser Verletzung über den Hof laufen? Du willst dir wohl eine Blutvergiftung holen!«
»Ist es so schlimm?«, fragte Conni erschrocken.
»Noch nicht, aber es kann schlimm werden, wenn wir nicht sofort etwas tun. Halt still!«
Während Alf die Wunde reinigte und verband, biss Conni die Zähne zusammen.
Es war eine schmerzhafte Prozedur, die sie über sich ergehen lassen musste. Alf klebte den Verband mit einem Streifen Leukoplast fest. »So, das war's. Jetzt kannst du meinetwegen abhauen. Wo hast du denn deine Schuhe?«
»Hier!«, sagte eine zornige Stimme von der Tür her. Mit einer unwilligen Handbewegung warf der Reitlehrer Conni die Holzpantinen vor die Füße.
»Das sind doch wohl deine, oder?«
Connis »Ja« kam sehr leise heraus. Im nächsten Augenblick starrte sie den Reitlehrer entsetzt an. Auf ihrer Wange zeichneten sich deutlich die fünf Finger seiner rechten Hand ab. »Ich werde dir beibringen, meinen Anordnungen zu folgen!«, tobte Herr Schubert. »Glaubst du denn, ich mache Spaß, wenn ich euch etwas verbiete?

Habe ich euch nicht hundertmal gesagt, dass ihr barfuß im Stall nichts zu suchen habt?«
Conni sah ihn fassungslos an. So wütend hatte sie ihn noch nie gesehen. Wie ein heftiges Gewitter brach sein Zorn über sie herein. »Sag Gert Bescheid, dass er Conni sofort ins Krankenhaus fahren soll. Sie braucht eine Tetanusspritze. Oder bist du gegen Wundstarrkrampf geimpft?« Herrn Schuberts Stimme schien Conni fremd zu sein, so böse klang jedes Wort.
»Nein«, brachte Conni mühsam heraus.
»Dann ab mit euch.«
Als sie neben Gert im Wagen saß, heulte Conni los.
Der Junge blickte sie mitleidig an. »Tut es so weh?«
»Nein, aber dein Vater war so gemein.«
Conni schluchzte fassungslos.
»Hör mal, Conni, gemein war mein Vater bestimmt nicht. Vielleicht ein bisschen heftig, na gut. Aber nicht gemein. Er ist doch für dich verantwortlich! Was meinst du, was er für einen Schreck bekommen hat, als er dich mit dem verbundenen Fuß dort sitzen sah? Ganz Unrecht hatte er nicht, oder? Weißt du, wie schnell man eine Blutvergiftung hat?«
»Aber schlagen …«
»Menschenskind, sei doch nicht so zimperlich! Ihm ist die Hand ausgerutscht. Nachher tut es ihm selbst Leid. Was glaubst du, wie oft er mir oder den anderen schon eine gescheuert hat! Zuerst ist man wütend, das gebe ich zu. Sterben tut man daran nicht. Aber an einer Blutvergiftung, da kann man dran sterben.«

Sie kamen rechtzeitig zum Abendessen zurück.
Conni trug einen schönen weißen Verband um den Fuß.
Sie humpelte leicht, denn das Auftreten tat noch verflixt weh, aber ihre Entrüstung über die Ohrfeige war inzwischen verflogen.
In den letzten zwei Stunden hatte sie genug Zeit zum Nachdenken gehabt.
Sie ging zu ihrem Pflegevater und entschuldigte sich.
»Schon gut, Conni.« Der Reitlehrer nickte ihr freundlich zu und wandte sich an die anderen. »Mich interessiert jetzt nur noch eines: Wem verdankt Conni eigentlich ihre Verletzung und mein Donnerwetter?«
Andrea, Gert und Alf sahen einander verständnislos an. Was gab es da zu fragen?
Es war Connis eigene Schuld gewesen, dass sie barfuß in den Stall gelaufen war.
Jens rutschte unruhig auf dem Stuhl herum. »Ich habe die Forke an die Wand gestellt. Sie muss umgefallen sein«, sagte er leise und mit sichtlicher Überwindung. »Es wird nicht wieder vorkommen.«
»Dein Glück, mein Sohn. Du siehst ja, was dabei herauskommt. Und damit du es nicht vergisst, kannst du dir das nächste Turnier aus dem Kopf schlagen.« Herr Schubert meinte es ernst.
Jens senkte den Kopf und kämpfte mit den Tränen.
»Aber Jens kann doch nichts dafür!«, protestierte Conni, die nicht wollte, dass der Junge ihretwegen bestraft wurde. Sie war barfuß gewesen.
»Wir haben hier eine Menge ungeschriebener Gesetze,

Conni. Eines davon ist, dass man eine Forke, die man nicht mehr braucht, in die Futterkammer zurückbringt. Das weiß Jens so gut wie alle anderen. Du brauchst ihn also nicht in Schutz zu nehmen«, sagte der Reitlehrer streng. »Im Übrigen ist das Thema damit erledigt. – Morgen fangen wir an zu heuen.«

Gert lachte. »Du meinst, ich fange an zu mähen.«

»Richtig.« Sein Vater grinste zurück. »Ich hoffe aber, bis zum Nachmittag einen zweiten Trecker aufgetrieben zu haben, sodass Alf dir helfen kann, wenn er aus der Schule kommt. Außerdem habe ich gestern mit dem alten Bolle ausgemacht, dass wir seinen Heuwender und die Presse bekommen.«

»Mit anderen Worten: In ein paar Tagen stehe ich wieder in der Reitbahn und gebe Unterricht wie in alten Zeiten«, stellte seine Frau fest. »Ich hoffe nur, du lässt mir wenigstens eines der Mädchen zum Helfen da.«

»Natürlich, aber so weit sind wir noch lange nicht. Erst müssen die Wiesen geschnitten werden. Dann brauchen wir Sonne, Sonne, Sonne. Hoffentlich spielt Petrus mit. Der Wetterbericht war jedenfalls gut.«

»Darf ich den Trecker fahren?«

Jens hatte seine Enttäuschung überwunden und war wieder obenauf. Die Entscheidung des Vaters akzeptierte er selbstverständlich.

»Du wirst dich in erster Linie um Pauli kümmern.«

Pauli war das Pony, das Herr Schubert zum Einreiten übernommen hatte. Jens hatte unter seiner Aufsicht schon ein paarmal aufgesessen und der Wallach, der mit

den Menschen nur die besten Erfahrungen gemacht hatte, lernte schnell und willig.
»Darf ich etwa gar nicht helfen?« Treckerfahren war Jens' große Leidenschaft.
»Du wirst noch so viel Gelegenheit zum Helfen haben, dass du dir alle zehn Finger lecken wirst, wenn du mal für eine halbe Stunde auf einem Gaul hocken kannst«, knurrte Gert.
Er wusste, dass es für ihn in den nächsten Tagen bestimmt kein Reiten geben würde, und ärgerte sich über die Aufdringlichkeit des kleinen Bruders.
Hatte der eine Ahnung, was das hieß, stundenlang in glühender Sonne auf dem Trecker zu sitzen!

Die Sonne meinte es wirklich gut mit den Bauern. Überall auf den Wiesen hörte man in diesen Tagen das Tuckern der Maschinen, das Klappern der Wender. Alf und Gert saßen in Shorts oder Badehose auf ihren luftigen Sitzen und waren nach zwei Tagen braun wie Neger.
»Hoffentlich können wir bald einfahren.« Jens blickte zu den Wiesen hinüber, auf denen die Trecker wie Käfer herumkrabbelten. Jedenfalls sah es von weitem so aus.
»Hoffentlich«, stimmte ihm Conni ebenso sehnsüchtig zu. Sie kraulte Pauli gedankenverloren die Stirn, während Jens ihm nacheinander alle vier Hufe aufnahm.
Gehorsam hob der Wallach seine Beine, wie der Junge es verlangte. Jens klopfte ihm den Hals.
»Der lernt schnell, was?«, sagte er stolz. »Reiten kann man ihn auch schon prima. Wenn ich an das Theater den-

ke, das Vater am Anfang mit Kobold hatte! Manchmal spinnt er sogar heute noch. Aber auf Pauli, da könntest du sogar einen blutigen Anfänger setzen.«
»So einen wie mich?« Conni fragte es wie nebenbei.
Jens blickte sie überrascht an. »Willst du?«
»Ja.«
»Dann los. Wie man aufsitzt, hast du ja oft genug gesehen. Linken Fuß in den Bügel und rauf«, kommandierte Jens und freute sich.
Conni atmete tief durch, nahm allen Mut zusammen und trat an die linke Seite des Ponys. Nein, vor Pauli brauchte man keine Angst zu haben – der war so klein und lieb. Sie fasste nach dem Sattel, angelte den Bügel, stieß sich ab – und war oben.
»Halt dich am Sattel fest, ich führe dich eine Runde«, befahl Jens, ehe Conni es sich anders überlegen konnte. »Setz dich ganz gerade hin und mach die Beine lang. Es passiert nichts. Nur Mut und gute Laune! Ich behalte Pauli am Zügel. Komm, Dicker.«
Gemächlich setzte sich Pauli in Bewegung. Doch nach ein paar Schritten blieb er verwundert stehen. Das Gewicht auf seinem Rücken war anders als sonst. Schwerer und irgendwie ungemütlich.
Jens redete ihm beruhigend zu. »Komm, Pauli, das ist doch nur Conni! Du kennst sie doch. Sie kann bloß noch nicht richtig reiten. Darum ist es heute für dich anders«, erklärte er und zog leicht am Zügel.
»Du musst ihn ein bisschen mit den Beinen antreiben, Conni. Schenkel ranlegen und drücken.«

Das wusste Conni selbst.
Wie oft hatte sie die Kommandos in der Reitbahn gehört und mindestens ebenso oft hatte sie gedacht: Die stellen sich aber auch blöde an, die Reiter!
Nun saß sie selbst auf einem Pferd – und was war von ihrem Wissen übrig geblieben?
Nicht das kleinste bisschen! Nichts, was sie jetzt in die Praxis umsetzen konnte.
»Ich muss Pauli auf die Weide bringen. Du kannst oben bleiben, wenn du willst«, sagte Jens gutmütig. »Musst nur auf dem Rückweg den Sattel schleppen.«
»Mach ich.« Conni strahlte, als Pauli sich wieder in Bewegung setzte.
War das ein tolles Gefühl!
Wie schön musste es erst sein, wenn man richtig reiten konnte. Ein Gedanke schoss ihr durch den Kopf.
»Jens, bringst du mir das Reiten bei? Aber so, dass die anderen es nicht merken? Ich will deinen Vater, Andrea und die anderen überraschen.«
»Klar, da mach ich mit!« Für so was war Jens immer zu haben. »Wir können jeden Tag ein bisschen üben. Gelegenheit finden wir schon. Am besten, wir nehmen Lona. Auf der lernst du es schnell.«
»Können wir nicht bei Pauli bleiben?« Connis Mut sank, als sie an Lonas Höhe dachte.
»Das ist auf die Dauer zu gefährlich. Pauli ist ja noch beinahe roh. Auf dem könnte ich dich nie allein reiten lassen. Nein, wir nehmen Lona.«
Er sagte das so entschieden, dass Conni keinen Ein-

spruch wagte. Auf keinen Fall durfte sie Jens verärgern. Den Sattel über der Schulter marschierte sie zum Hof zurück. Jens trug die Trense. Vor dem Stall liefen sie dem Reitlehrer in die Arme, der sich gleich erkundigte:
»Na, wie ging der Pauli?«
»Bestens. Wir haben ihn eben zur Weide gebracht«, sagte Jens unbefangen.
»Geritten?«
»Ja.«
»Dann lass nächstens nicht deine Dame den Sattel für dich schleppen! Trag deinen Kram gefälligst selbst«, rügte Herr Schubert.
»Och, das macht mir nichts«, sagte Conni schnell. »Ich kann ja wieder laufen.«
»Unterstütz den Faulpelz nur noch!« Der Reitlehrer lachte. »Morgen ist es vorbei mit dem guten Leben, mein Sohn. Morgen fangen wir an, Heu einzufahren.«
»Hurra!« Jens und Conni schrien um die Wette.
»Endlich!«

Zwei Tage später schrien sie nicht mehr vor Begeisterung, wenn das Wort Heu fiel.
Gleich nach den Schularbeiten ging es in die Wiesen. Während Frau Schubert und Andrea sich um die Reitschüler kümmerten, schleppten Conni und Jens Heuballen um Heuballen.
Alf steuerte den Trecker über die Wiesen, Herr Schubert stand auf dem Wagen und stapelte die Ballen, die Gert ihm hinaufreichte.

Es sah leicht aus, aber Conni merkte sehr schnell, dass es alles andere als Spielerei war, als sie selbst mit auf dem Wagen stand.
Alf war das Sitzen auf dem Trecker zu dumm geworden. »Jens kann fahren, Conni reicht zu, Gert und ich staken hoch«, kommandierte er.
Es ging jetzt wirklich entschieden schneller voran. Conni musste aufpassen wie ein Luchs, dass sie immer bereitstand, wenn die Jungen die schweren Ballen heraufreichten. Sie trug oder schob sie dann weiter zu Herrn Schubert, der sie sicher verstaute, damit die Ladung nicht plötzlich ins Rutschen geriet. Alf und Gert arbeiteten gleichmäßig, fast im Takt und ohne Pause.
Conni geriet bald ins Schwitzen. So hatte sie sich das Heueinfahren nicht vorgestellt. Weder so anstrengend noch so staubig. Und ein Ende des Heuens war noch nicht abzusehen.
»Die Kleine hält sich gut, nicht?«, bemerkte Alf anerkennend, als Conni außer Hörweite war.
Gert nickte zustimmend. »Ich hätte nicht gedacht, dass sie wirklich durchhält. Aber nun ist es schon der dritte Tag. Allerhand für ein Mädchen. Die Conni ist eben echt in Ordnung.«
»Kann man wohl sagen. Ich habe jedenfalls keine große Lust mehr. Na, in vier Wochen ist für mich ohnehin alles vorbei. Dann bin ich auf See!«
Alf warf übermütig seine Forke in die Luft und fing sie geschickte wieder auf.
»Heute Morgen bekam ich einen Brief von meinem

zukünftigen Kapitän. Er hat eine Liste beigelegt, was ich an Klamotten brauche.«
»Dass du dazu Lust hast«, meinte Gert. »Mich brächten keine zehn Pferde auf so einen Äppelkahn. Schon gar nicht jetzt, da hier so viel los ist!«
»Es geht weiter, meine Herren! Nur keine Müdigkeit vorschützen!« Connis schmutziges Gesicht spähte lachend über den Wagenrand.
»Du kannst dich in eine Reklametrommel stecken lassen: Fort mit dem Grauschleier«, sagte Alf.
»Wenn die gut zahlen, tue ich es«, konterte Conni schlagfertig und bester Laune.
War es auf der Wiese schon staubig gewesen, so wurde es noch viel schlimmer, als die Wagen abgeladen wurden. Auf den Heuboden gelangte auch nicht der Hauch einer frischen Brise. Hier floss der Schweiß in Strömen. Geredet wurde kaum noch. Conni, Jens, Andrea und Alf bildeten eine Kette. Gert feuerte ihnen die Ballen nur so vor die Füße. Es ging trotz der Hitze ziemlich schnell.
Herr Schubert, der auch hier das Aufstapeln übernommen hatte, musste sich anstrengen, um das Tempo halten zu können. Seine Söhne genossen es, ihn einmal so richtig in Atem zu halten.
Manchmal halfen auch Reitschüler mit, aber meist hatten sie schnell die Nase voll.
Nur ein paar Unentwegte, darunter das oft belächelte Fräulein Müller, hielten durch, packten gerne mit an und waren immer zur Stelle.
Abends war Conni todmüde. Trotzdem ließ sie es sich

nicht nehmen, ihren Freund Loki zu besuchen, ehe sie schlafen ging. Eine Freude wollte sie am Tag wenigstens haben, wenn sie sich schon nicht an den Ausflügen der Klassenkameraden beteiligen konnte. Nicht einmal ins Freibad kam sie in diesen Tagen. Andrea natürlich auch nicht, aber das tröstete Conni kaum.
Loki hing jetzt wirklich an Conni. Die ganze Familie hatte ihren Spaß daran, wie der kleine Isländer Conni folgte, sobald sie die Weide betrat. Sie war es, die ihn von seiner Angst befreit hatte. Sie hatte ihm Wasser und Äpfel gebracht. Auf ihren Ruf trabte er eilfertig herbei, während er die Pfiffe und Lockrufe der anderen meist großzügig überhörte. Wenn Conni auftauchte, spitzte Loki die Ohren.
»Was sollen wir bloß machen, wenn du wieder weg bist?«, fragte Herr Schubert manchmal scherzend und erinnerte Conni damit daran, dass die Herrlichkeit nicht ewig währen würde. Zehn, elf Tage noch, dann war die Mutter zurück. Conni schwankte unsicher zwischen Wiedersehensfreude und Abschiedsschmerz.
»Sie können mich ja ausleihen, wenn Sie mich brauchen«, schlug sie ernsthaft vor, was allgemeine Heiterkeit auslöste.
Aber Conni wurde schon eher gebraucht, als alle gedacht hatten. Eines Morgens war die Weide leer.
Die Ponys waren verschwunden.

Ponyjagd

Niemand konnte sich später erklären, wie die Ponys es geschafft hatten auszureißen.
Sei es, dass Jens das Gatter nicht richtig geschlossen hatte, als er Pauli am Vortag auf die Weide gebracht hatte; sei es, dass Conni beim Durchklettern die Stangen verschoben hatte; sei es, dass sich ein Fremder einen dummen Scherz erlaubt hatte.
Jedenfalls lagen die Stangen morgens am Boden und die Ponys waren weg. Sie waren spurlos verschwunden.
Jens, Andrea und Conni waren schon in der Schule, als Alf die Bescherung entdeckte. Er hatte an diesem Tag später Unterricht und war zur Weide gebummelt, um den Ponys Guten Tag zu sagen.
Wie der Blitz rannte er zurück zum Hof.
»Die Ponys sind stiften gegangen!«, rief er ganz außer Atem.
Sein Ruf alarmierte den Rest der Familie.
Gert schoss aus dem Stall.
Herr Schubert sprang sofort vom Frühstückstisch auf, wo er in Gesellschaft seiner Frau in aller Gemütlichkeit noch eine Zigarette hatte rauchen wollen. »Was sagst du da?« Herr Schubert glaubte sich verhört zu haben.
»Die Ponys sind weg«, wiederholte Alf atemlos. »Ich wollte eben nachsehen, ob sie noch genug Wasser haben, da stellte ich fest, dass das Gatter offen ist. Die Stangen sind auf der einen Seite aus der Halterung gerutscht. Wie, das kann ich mir nicht erklären.«

»Gibt es einen Anhaltspunkt, wohin sie sind? Hast du Spuren gesehen?«
Alf schüttelte den Kopf. »Ich bin sofort zurückgerannt, so schnell ich konnte.«
»Los, kommt, wir müssen nachschauen, ob wir etwas entdecken, was uns weiterhilft. Traudi, du rufst bei der Forstverwaltung an! Es kann sein, dass die Bande sich im Wald herumtreibt.«
Kurz und knapp kamen die Befehle.
Herr Schubert verlor keine Minute. Er setzte sich in Trab, dass seine Söhne Mühe hatten ihm zu folgen. Er wusste, wie wichtig es war, die Pferde schnell zu finden.
»Alle Achtung, wie unser alter Herr noch wetzen kann«, meinte Gert bewundernd. »Das hätte ich ihm wirklich nicht zugetraut.«
»Spar deine Luft«, rief Alf keuchend. »Du wirst sie heute noch brauchen.«
Herr Schubert besah sich die Ausbruchsstelle nur kurz. »Klarer Fall, hier sind sie durch«, sagte er. »Ich möchte bloß wissen, wie die Tiere das geschafft haben!«
»Was machen wir jetzt?«, fragte Alf.
Flüchtig dachte er an die Schule, die in diesem Augenblick begann. Hoffentlich kam der Alte nicht auf die Idee, ihn gerade jetzt wegzuschicken.
Doch der Vater hatte ganz andere Probleme als den Unterricht seines Sohnes.
»Nehmt euch ein paar Halfter und etwas Hafer und geht den Spuren nach. Vielleicht habt ihr Glück und findet die vier, ehe sie etwas anstellen können«, befahl er.

»Und du?«, fragte Gert.
»Ich nehme den Wagen und klappere die umliegenden Höfe ab. Vielleicht hat jemand unsere Ausreißer gesehen. Mutter muss das Telefon bewachen.«
»Komm, Gert.« Alf war noch immer darauf bedacht, so schnell wie möglich aus dem Gesichtskreis seines Vaters zu verschwinden. Einen schulfreien Vormittag durfte man nicht leichtfertig aufs Spiel setzen.
Gert wusste, warum Alf es so eilig hatte, und folgte dem Bruder gemächlich.
Warum sollte er den Weg zweimal machen, wenn Alf die Halfter sowieso holte? Zurück zur Weide musste er in jedem Fall, denn nur von hier aus ließen sich die Spuren verfolgen, wenn auch nur mühsam.
Wenig später gingen die Brüder nebeneinander den kaum erkennbaren Hufabdrücken nach. Es hatte seit Tagen nicht geregnet und die Ponys waren nicht beschlagen. Man musste sich schon sehr anstrengen, wenn man überhaupt etwas erkennen wollte.
Bald hatten sie die Spuren ganz verloren.
Eine Weile gingen sie auf gut Glück weiter. So kamen sie an einen sandigen Weg, der den Pfad kreuzte, auf dem sie sich befanden.
Hier entdeckte Alf frische Spuren. Erleichtert liefen sie der neuen Fährte nach.
»Hoffentlich ist die Bande im Wald geblieben«, sagte Alf besorgt. »Auf diesem Weg kommt man nämlich genau auf die Bundesstraße.«
Offenbar hatten die Ausreißer etwas Ähnliches geahnt.

Jedenfalls verloren sich die Spuren erneut im Unterholz. Gert begann zu schimpfen.
»Diese verrückten Viecher! Wenn ich die finde, drehe ich ihnen den Hals um! Einen so durch die Gegend zu hetzen.«
»Freu dich doch! So brauchst du wenigstens mal einen Vormittag nicht ins Heu«, meinte Alf grinsend.
»Lieber lade ich drei Wagen allein ab«, antwortete Gert. »Ich habe schon Blasen von diesem Herumlaufen.«
»Du, horch mal!« Alf blieb stehen. »Da hat doch eben ein Pferd gewiehert! Nur, aus welcher Richtung kam dieses Wiehern?«
»Du hörst Gespenster.« Aber auch Gert lauschte in den Wald hinein. »Wirklich, du hast Recht, da war was«, flüsterte er aufgeregt. »Hoffentlich haben wir Glück und es sind unsere.«
Alf setzte sich wieder in Bewegung.
»Mensch, nicht da lang! Es war viel weiter links!«, rief Gert ihm nach.
»Glaube ich nicht.«
Alf ging zielstrebig weiter. »Ich habe es doch ganz deutlich von vorn gehört!«
»Du spinnst!«
Eine Weile stritten sie sich. Dann ging jeder dahin, wo er die Ponys vermutete.
Nach ein paar hundert Metern hörte Alf den Bruder seinen Namen rufen.
Eilig machte er kehrt und lief Gert nach.
»Na, du Trantüte? Wer hatte nun Recht?« Triumphierend

wies Gert auf die friedlich grasenden Ponys, die sich das saftige Waldgras schmecken ließen.
»Gott sei Dank.« Alf war so erleichtert, dass er Gert nicht einmal die Trantüte übel nahm. Doch dann durchfuhr es ihn heiß. Der schwarze Wallach fehlte.
»Loki ist nicht dabei«, stieß er hervor.
»Tatsächlich.« Auch Gert erschrak. »Ich dachte, er ist nur von den anderen verdeckt. Aber er fehlt wirklich. Wenn ihm bloß nichts passiert ist! Ohne Grund trennen sich die Ponys doch nicht!«
»Was nun?« Die Jungen sahen sich an.
»Weitersuchen?«
»Erst mal die drei da einfangen und an die Leine legen«, entschied Gert. »Um den Schwarzen werden wir uns dann später kümmern.«
Pauli hob beim ersten Pfiff den Kopf und kam neugierig heran. Die beiden dort kannte er doch! Ob sie etwas Essbares in der Tasche hatten?
Alf hielt ihm die gewölbten Hände entgegen. Gierig streckte Pauli den Kopf vor. Ah, Hafer! Gert konnte ihm in aller Ruhe ein Halfter überstreifen. Solange Pauli fraß, dachte er nicht an Dummheiten.
Als die Stute den Freund kauen hörte, kam auch sie. Der Trick mit dem Halfter gelang ein zweites Mal.
Zufrieden machten sich die Jungen auf den Heimweg, nachdem sie die Ausreißer ausgiebig gestreichelt hatten. Gert dachte nicht mehr an seine Drohung von vorhin, den Tieren den »Hals umzudrehen«. Er war froh, dass die Pferde heil und gesund waren. Das Fohlen trottete

mit hängendem Kopf müde neben der Mutter her. Es war nach dem nächtlichen Ausflug völlig erschöpft.
»Mach ein bisschen langsamer, der Kleine kommt nicht mit«, rief Alf dem vor ihm gehenden Bruder zu. »Das Kerlchen ist todmüde.«
Es dauerte lange, bis sie den Hof erreichten. Trotz allem hatten sie keine drei Stunden gebraucht, um die Ponys zu finden und nach Hause zu bringen. Sie hatten unverschämtes Glück gehabt, fand Alf.
»Gott sei Dank, dass ihr da seid«, empfing Herr Schubert seine Söhne hörbar erleichtert.
»Der Schwarze war nicht dabei, als wir die drei fanden«, berichtete Gert beunruhigt, während sie die Tiere auf die Weide brachten.
»Ich weiß.« Der Vater winkte ab. »Loki ist durch irgendetwas von den anderen getrennt worden. Er ist drei Kilometer von hier auf einem Bauernhof gelandet. Zum Glück, ohne irgendeinen Schaden anzurichten. Wir können ihn nachher abholen.«
Nachdem die Jungen sich gestärkt hatten, machten sie sich erneut auf die Socken. Herr Schubert fuhr den Transporter. Sie hatten den Hof schnell erreicht.
Der Bauer kam ihnen entgegen. Er wirkte erregt und schien außer Atem zu sein.
»Ihr Schwarzer ist ja der reine Satan«, berichtete er und hielt zum Beweis seine verbundene Rechte hoch. »Ich hatte ihn schon fast erwischt, da biss das Biest zu und sprang wieder davon. Ich habe ihn nur auf die Kälberweide treiben können. Da jagt er nun mein Jungvieh

durcheinander. Die Tiere sind bereits ganz aufgescheucht und unruhig.«
»Um Himmels willen, auch das noch«, erwiderte der Reitlehrer stöhnend.
»Na ja, es ist nicht ganz so schlimm«, erklärte der Bauer. »Ich frage mich nur, wie Sie den Kerl zu fassen kriegen wollen. Die Weide ist sehr groß. Und wenn er sich sowieso nicht anfassen lässt …«
Er zuckte mit den Schultern.
»Wir werden versuchen, ihn in eine Ecke zu treiben«, entschied Herr Schubert, nachdem er die Weide gesehen hatte. »Können wir ein paar feste Stricke oder etwas Ähnliches von Ihnen haben?«
»Natürlich!« Der Bauer zeigte Alf und Gert einen ganzen Berg alter Geschirre und Leinen. »Sucht euch etwas Passendes heraus und legt es nachher wieder zurück. Ich muss mich jetzt unbedingt um meine Arbeit kümmern.«
Er ging davon. Wie die drei es schafften, den halb wilden Isländer einzufangen, war nicht mehr sein Problem. Er hatte getan, was er konnte.
Eine geschlagene Stunde hetzten der Reitlehrer und die Jungen über die Weide.
Jedesmal, wenn sie dachten, sie hätten den Wallach endlich in die Enge getrieben, entwischte er mit schnellen Sprüngen. Eine Leine zerriss und flog Gert um die Ohren. Alf trat in dem Moment in einen Maulwurfshügel und fiel der Länge nach hin. Dabei setzte er sich ausgerechnet in einen Kuhfladen. Schimpfend stand er wieder

auf. Herr Schubert schrie und brüllte Anweisungen, die auch keinen Erfolg brachten. Die Stimmung war auf dem Nullpunkt.
»Ich gebe auf!« Alf wischte sich den Schweiß von der Stirn. »Den Wallach kriegen wir im Leben nicht. Vielleicht im Herbst, wenn die Kälber in den Stall getrieben werden.«
»Ich habe auch genug.« Gert ließ sich ins Gras fallen. »Wir können aufgeben, Vater. Die Einzige, die Loki unter Umständen zu Verstand bringen könnte, ist Conni. Und die ist nicht hier.«
Herr Schubert blickte seinen Ältesten verdutzt an. Ein Lächeln flog über sein Gesicht. »Du hast den Nagel auf den Kopf getroffen, mein Sohn. Natürlich, Conni muss her! Ich fahre und hole sie. Und wenn ich sie persönlich aus dem Klassenzimmer herausboxen muss.«
»Vater glaubt wirklich, dass das Biest auf Conni hört«, stellte Alf müde fest. »Wenn er sich da nur nicht irrt.«
»Es kann doch sein, dass Conni mehr Glück hat als wir«, meinte Gert. »Wir müssen es sogar hoffen. Schließlich kann der Versuch nichts kaputtmachen. Nochmals mache ich die Jagerei nicht mit.«
»Glaubst du vielleicht, ich?« Alf legte sich neben den Bruder ins Gras. »Hast du eine Zigarette für mich?«
»Aha, kaum ist der Alte weg, wird der Kleine übermütig«, spottete Gert.
Gutmütig hielt er Alf die Schachtel hin.
»Bediene dich. Im Augenblick können wir sowieso nichts machen.«

Conni war wieder einmal nur mit einem Ohr beim Unterricht. Sie hatte an zu vieles zu denken. Wichtiger als geometrische Formeln war der Gedanke an ihre heimlichen Reitstunden. Jens hatte nur seine Mutter eingeweiht, die den beiden den Rücken deckte.
Immer wieder ermöglichte sie es Jens, mit Lona ein Stück spazieren zu reiten. Dann traf er sich mit Conni, die auf ihrem Rad hinterherfuhr, auf einer kleinen Wiese und gab ihr Unterricht.
Jens war mächtig stolz auf seine erste Reitschülerin und half ihr mit viel Lob und guten Ratschlägen über die Anfangsschwierigkeiten hinweg. Conni lernte schnell. Seit sie einige Male auf Lona gesessen hatte, war sie unersättlich. Am liebsten wäre sie jeden Tag geritten, aber immer ließ es sich leider nicht einrichten. So musste ihre Phantasie herhalten und die schlug denn auch gleich Purzelbäume. Noch immer konnte Conni Traum und Wirklichkeit schwer trennen.
Zehn Tage hatte Conni noch Zeit, über eine Woche. Sie dachte nicht gern daran, dass dann die schöne, wenn auch arbeitsreiche und anstrengende Zeit in der Reitschule endgültig vorüber war.
Frau Schubert hatte vorgeschlagen, an Connis letztem Tag eine Party zu feiern, ein richtig zünftiges, fröhliches Reiterfest mit Würstchen vom Grill, Musik und einem Schaureiten. Dabei sollte Conni dann den überraschten Zuschauern vorführen, was sie bei Jens gelernt hatte. Darüber wusste natürlich außer Jens und der Mutter niemand Bescheid. Es sollte ein absoluter Knüller werden.

Conni war so in ihre Gedanken vertieft, dass sie erschrocken zusammenzuckte, als ihr Name aufgerufen wurde. Frau Benz bedeutete ihr, nach vorne zu kommen.
Erst jetzt bemerkte Conni, dass Herr Schubert im Klassenzimmer stand. Es ist etwas mit Mutter passiert!, schoss es ihr durch den Kopf.
Ängstlich sah sie den Reitlehrer an, doch der nickte ihr beruhigend zu und schob sie aus dem Raum. Auf dem Flur erklärte er ihr mit wenigen Worten, was heute Morgen alles geschehen war und warum er sie so mir nichts, dir nichts aus der Stunde geholt hatte.
»Sie meinen, ich könnte Loki einfangen?« Conni wurde rot vor Stolz und Freude.
»Wenn jemand, dann du«, sagte der Reitlehrer. »Uns hat er eine Stunde lang über die Weide gehetzt, ohne uns näher als fünf Meter an sich heranzulassen. Ich hoffe, du hast mehr Erfolg. Auf dich hört er.«
Während der Fahrt berichtete Herr Schubert ausführlich von dem turbulenten Vormittag.
Bald darauf erreichten sie die Weide, wohin Loki sich geflüchtet hatte. Er graste friedlich inmitten der Kälber.
»Dann versuch mal dein Heil!« Der Reitlehrer drückte dem Mädchen eine Schüssel mit Hafer in die Hand und hielt den Draht hoch, damit sie durchklettern konnte. Alf und Gert schauten interessiert zu.
Langsam ging Conni über die Wiese. Die Schale in den Händen machte sie befangen. Sie musste die Hände frei haben. Kurz entschlossen stopfte sie sämtliche Taschen mit Hafer voll und ließ das Gefäß stehen.

So, nun war ihr wohler.
Loki hatte aufgehört zu fressen und blickte ihr aufmerksam entgegen. Als Conni näher kam, zog er sich ein paar Schritte zurück. Sofort blieb das Mädchen stehen.
»Aber, aber, mein Kleiner, was ist denn«, flüsterte sie. »Du kennst mich doch, Alter. Haben dich die Jungen so gejagt, dass du gar nicht näher kommen magst?«
Conni redete. Mit tiefer Stimme murmelte sie dumme, unzusammenhängende Sätze vor sich hin. Von Zeit zu Zeit machte sie einen Schritt vorwärts. Lokis Ohren spielten. Er hörte auf, sich im gleichen Tempo zurückzuziehen, in dem das Mädchen näher kam.
Jetzt erst streckte Conni eine Hand in die Hosentasche. Lokis Ohren kamen zur Ruhe. Steil aufgerichtet standen sie ganz auf Empfang. Diese Bewegung kannte er. Wenn die Hand in der Tasche verschwand, folgte gewöhnlich umgehend ein Leckerbissen.
Erwartungsvoll streckte er den Kopf vor.
Conni lachte erleichtert. »Komm gefälligst her und hol dir deinen Teil.« Sie dachte gar nicht daran, dem Wallach weiter entgegenzugehen. Nun war er an der Reihe.
Und Loki kam. Langsam und immer noch hin und wieder zurückschreckend kam er Schritt für Schritt an Conni heran. Endlich stand er neben ihr. Zutraulich nahe stand Loki da und blickte sie an.
»Siehst du, du Dickkopf, ich habe doch die besseren Nerven!« Conni packte ihn mit einer Hand am Stirnschopf, während sie mit der anderen den Hafer verfütterte. »Nachher kriegst du noch einen Apfel, den magst du

lieber als die ollen Körner, ich weiß. Aber ich konnte ja nicht wissen, dass ich heute noch auf Pferdefang gehen muss.« Während sie sprach, führte sie ihn aus der Jungviehherde heraus.
Sie ließ die Hand auf dem Mähnenkamm liegen, während sie neben dem Wallach zum Zaun marschierte. Loki machte keine Anstalten mehr auszureißen. Vertrauensvoll ließ er sich ein Halfter überstreifen und von Conni auf den Transporter führen.
Eine halbe Stunde später war er zu Hause auf seiner alten Koppel in Sicherheit.
»Das hat Nerven gekostet«, sagte Alf lachend zu Conni, die eigenhändig das Gatter schloss. »Die Rennerei vorhin war nichts gegen mein Gezitter eben. Wir wollten schon Wetten abschließen, ob du es schaffen würdest oder nicht. Das hast du jedenfalls prima gemacht. So einfach war es wirklich nicht.«
»Hättest du dafür oder dagegen gewettet?«, fragte Conni interessiert.
»Dafür natürlich! Glaubst du, ich setze leichtfertig mein Vermögen aufs Spiel?«
»Reich wärst du bei deiner Wette aber nicht geworden«, meinte Gert grinsend und blinzelte Conni zu. »Wir waren nämlich alle drei der Meinung, dass du es schaffst. Sonst hätte dich unser gestrenger Vater nie aus dem Unterricht herausgeholt.«

Andrea hatte ungeduldig auf das Ende des Unterrichts gewartet. Sie hatte immer noch keine Ahnung, warum

ihr Vater Conni aus der Stunde geholt hatte. Genau wie die Freundin dachte sie im ersten Moment, dass es etwas mit Connis Eltern zu tun haben musste.
Als sie endlich die wahren Zusammenhänge erfuhr, war sie geradezu erleichtert.
Jens dagegen war enttäuscht und wütend, dass er die aufregende Geschichte verpasst hatte.
»Immer bin ich in der Schule, wenn bei uns was los ist«, maulte er beleidigt. »Nie passiert etwas Aufregendes, wenn ich erreichbar bin.«
»Du sagst es.« Alf grinste überlegen. »Es gibt eben Dinge, bei denen man kleine Jungen nicht brauchen kann.«
»Phh!«, machte Jens verächtlich. So ein dummes Geschwätz, dachte er beleidigt.
»Ärgere dich doch nicht, Jens.« Andrea wollte vermitteln, doch sie hatte kein Glück.
»Lass mich bloß in Frieden! Nie darf ich was mitmachen. Immer bin ich der Kleine. Ihr seid so gemein!«
Das war typisch! Alf durfte schwänzen, wenn es gerade so passte. Dabei war er viel schlechter in der Schule. Aber er war eben älter.
So war es immer.
Je mehr Jens über die Ungerechtigkeit der Großen nachdachte, desto wütender wurde er. Ich werde es euch schon zeigen, dachte er verbissen. Wenn ich am nächsten Sonntag mit Lona das Springen gewinne, werdet ihr mich schon ernst nehmen!
Dann fiel ihm ein, dass er ja gar nicht starten durfte. Und ich reite trotzdem, beschloss er.

Frau Schubert hatte das Mienenspiel ihres Jüngsten mit Besorgnis verfolgt.
Sie legte ihrem Mann die Hand auf den Arm.
»Wollen wir Jens nicht zum Trost doch die Teilnahme am Turnier erlauben?«, flüsterte sie.
Ihr Mann schüttelte den Kopf. »Ich kann es gar nicht, Traudi. Ich habe eben die Zeiteinteilung bekommen. Das Jugendspringen ist am Samstagvormittag. Da ist Jens in der Schule. Ich kann ihm doch nicht wegen des Turniers eine Entschuldigung schreiben. Nein, er muss lernen, dass es nicht immer nach seinem Kopf gehen kann, dass man manchmal verzichten muss.«
»Schade.« Frau Schubert nickte. »Ich hätte es ihm gegönnt. Bestimmt hätte er diesmal bedeutend besser abgeschnitten.«
»Ich auch. Aber es geht nun mal nicht.«
Andrea fand die Zeiteinteilung eine Stunde später im Wohnzimmer und nahm sie an sich.
Dann suchte sie den kleinen Bruder.
»Da, Jens.«
Verständnislos blickte der Bruder sie an. Dann entdeckte er das Datum seiner Prüfung und begriff.
»Und ich reite trotzdem!« Wenn Jens einmal etwas beschlossen hatte, konnten ihn keine zehn Pferde von seinem Plan abbringen.

Heimlichkeiten

Am Samstag radelte Jens wie immer um halb acht Uhr zur Schule. Die Mädchen, die zur gleichen Zeit aufbrechen mussten, begleiteten ihn. Bereits jetzt am Morgen war es heiß und windstill.
»Hoffentlich ist diese verdammte Hitze bald vorbei«, sagte Conni stöhnend. »Ich kann keine Sonne mehr sehen. Wenn man wenigstens schwimmen gehen könnte.«
»Daraus wird bestimmt nichts«, entgegnete Andrea. »Solange unser Heu nicht unter Dach und Fach ist, fährt kein Mensch uns ins Freibad.«
»Warum fahrt ihr nicht mit den Rädern?«, erkundigte sich Jens, der immer wieder nervös auf seine Uhr schaute und sich bisher kaum am Gespräch beteiligt hatte.
»Mit dem Rad! Du spinnst wohl.«
Andrea zeigte ihm den Vogel. »Sechs Kilometer fahren, um eine halbe Stunde im Wasser zu sein!«
»Und das nach einem Tag im Heu«, ergänzte Conni.
»Ich dachte ja nur.«
Undankbare Gören, ging es ihm durch den Sinn, sollen sie doch machen, was sie wollen.
»Das Denken überlass man den Pferden«, spottete seine Schwester. »Oder spar es dir für den Unterricht auf.«
»Und du spar dir deine Belehrungen!«, rief Jens erbost und mit scharfer Stimme.
»Mein Gott, Jens, was ist denn los mit dir? Du bist doch sonst nicht so empfindlich.«
Conni erkundigte sich besorgt: »Fehlt dir was?«

»Ich habe Zahnschmerzen«, knurrte der Junge. »Ihr braucht nachher nicht auf mich zu warten.«
»Willst du gleich nach der Schule zu Doktor Kröger?«, fragte Conni besorgt.
Jens tat ihr Leid.
»Wird das Beste sein.«
»Na, dann viel Vergnügen«, wünschte Andrea, als sie sich am Fahrradstand trennten. »Hoffentlich hältst du die Schmerzen aus.« Sie zog Conni, die Jens gern noch ein paar tröstende Worte gesagt hätte, mit sich fort.
»Der arme Jens!« Conni zerfloss vor Mitleid. »Hoffentlich tut es nicht gar so weh.«
Andrea lachte. »Nichts tut ihm weh, dem Gauner!«
»Aber ...« Conni verstand Andrea nicht.
»Wenn Jens wirklich Zahnschmerzen hätte, würde er sich ganz anders benehmen. So mutig er sonst ist – vor dem Bohrer hat er eine Heidenangst. Er würde nie auf die Idee kommen, allein zum Zahnarzt zu gehen. Sogar wenn Mutter ihn begleitet, muss man ihn fast hinprügeln. Nee, Zahnschmerzen hat mein Brüderlein nicht – aber etwas vor hat er mit Sicherheit!«

Jens hatte mit leidender Miene das Klassenzimmer betreten. Um den Kopf hatte er sich in aller Eile einen dicken Schal gewickelt, obwohl er vor Hitze fast umkam. Er wollte seine Geschichte so glaubhaft wie möglich vorbringen.
Seine Lehrerin erkundigte sich auch wirklich sofort besorgt und anteilnehmend nach seinem Befinden.

»Och, es wird schon gehen«, sagte der Junge leise, aber mit unverkennbarer Tapferkeit in der Stimme. »Ich habe schon eine Tablette genommen. Die halbe Nacht war ich wach, oder noch länger.«
»Wenn du es nicht mehr aushalten kannst, sag mir Bescheid«, meinte die Lehrerin freundlich und mitleidig. »Dann gehst du heute ausnahmsweise während des Unterrichts zum Arzt.«
Jens nickte dankbar. Eine Stunde lang folgte er dem Unterricht mit gequältem Gesicht. Von Zeit zu Zeit stöhnte er unterdrückt. Endlich hielt er es nicht mehr aus. Er musste sich beeilen.
»Darf ich gehen, Fräulein Wagner?«, fragte Jens entsprechend niedergeschlagen.
»Natürlich, Jens, und gute Besserung«, wünschte die Lehrerin mitfühlend.
»Danke.« Der Junge suchte seine Sachen zusammen und verließ mit langsamen Schritten das Klassenzimmer, obwohl er am liebsten gerannt wäre. Draußen warf er einen schnellen Blick auf die Uhr.
Jetzt war es neun. Das Springen begann um halb elf.
Er hatte keine Zeit zu verlieren.
Erst als Jens auf dem Rad saß, wagte er den Schal zu entfernen. Mit aller Kraft legte er sich in die Pedale und schnitt die Kurven, dass das Hinterrad schlitterte, während er fieberhaft rechnete.
Etwa zwanzig Minuten brauchte er für den Heimweg. Mindestens zehn weitere, um sich umzuziehen und Lona zu satteln. Zum Turnierplatz war es eine Dreiviertelstun-

de. Startnummer holen und sich in die Starterliste eintragen: noch mal fünf Minuten.
Nein, er hatte wirklich keine Zeit übrig.
Jens hatte Glück. Als er atemlos zu Hause anlangte, war der Hof menschenleer. Wie der Blitz fuhr er in seine Reitsachen, raste in den Stall, warf Lona den Sattel auf den Rücken, streifte ihr die Trense über und saß eine Sekunde später oben.
Jetzt nichts wie weg, ehe ihn doch noch irgendjemand daran hindern konnte!
Lona trabte willig vom Hof.
Sie liebte die Ausflüge mit Jens. Bei ihm durfte sie sich immer so richtig austoben. Er verlangte nie, dass sie mitten aus dem schönsten Galopp heraus anhielt, um sie dann rückwärts zu richten, wie Alf es tat.
Sie brauchte auch nie die Nase in der Senkrechten zu tragen, wie Herr Schubert es verlangte.
Bei Jens durfte sie all das tun, was ihr Freude machte.
Am langen Zügel durchs Gelände bummeln.
Oder rennen wie der Teufel und ab und zu, sozusagen im Vorbeigehen, auch einmal einen Graben oder einen Baumstamm überspringen.
Auch heute ließ Jens die Stute gehen, wie sie wollte. Er war viel zu aufgeregt, um sich darum zu kümmern, ob Lona in bester Haltung die Wege entlangtrabte oder nicht. Für ihn war die Hauptsache, dass er rechtzeitig auf den Turnierplatz kam.
Erst als Lona von selbst in Schritt fiel, schaute Jens auf die Uhr. Er hatte noch genügend Zeit. Gemächlich ritt er

weiter. Nun konnte nichts mehr schief gehen. Zumindest kam er nicht zu spät.
Als Andrea und Conni um elf Uhr den Unterricht endlich hinter sich hatten, rannten sie wie auf Verabredung zum Fahrradstand.
»Sein Rad ist weg«, stellte Conni sofort fest. »Bist du sicher, dass er nicht doch Zahnschmerzen gehabt hat?«
»Ganz sicher.« Andrea kannte Jens gut genug, um völlig überzeugt zu sein.
Die Mädchen schwangen sich auf ihre Räder und brausten davon.
»Ich bin neugierig, was er vorhat«, sagte Conni, während sie wie die Wilden um die Ecken fegten.
»Ist doch ganz klar!« Andrea lachte. Ihr war inzwischen einiges eingefallen. »Überleg mal, was wir heute für einen Tag haben.«
»Sonnabend. Wieso?«
»Heute ist das Turnier in Hagen, meine Liebe. Und bekanntermaßen hat Jens Schubert Startverbot. Na, fällt der Groschen?« Sie zweifelte nicht an der Richtigkeit ihrer Mutmaßung.
»Du meinst, er ist hin? Allein? Heimlich?«
»Ich bin ziemlich sicher.«
»Das gibt doch einen mordsmäßigen Krach, wenn es herauskommt!«
»Darauf kannst du Gift nehmen«, sagte Andrea. »Es kommt bestimmt heraus. Jens trifft doch mit Sicherheit hundert Bekannte. Und: irgendeiner wird es Vater schon erzählen.«

Als sie auf den Hof einfuhren, liefen sie Frau Schubert in die Arme, die gerade versuchte, Jasmin das kleine Hunde-ABC beizubringen.
»Hallo, ihr beiden! Da seid ihr ja. Habt ihr Jens nicht mitgebracht?«
»Ist er noch nicht hier?« Andrea heuchelte Erstaunen.
»Ich meine, er hätte was von früher Schluss gemurmelt, als wir uns trennten«, fügte Conni vorsichtshalber hinzu.
»Dann ist er bestimmt mit Lona ins Gelände geritten«, meinte die Mutter lächelnd. »Verdenken kann ich es ihm nicht. Immer nur helfen ist für einen Zwölfjährigen doch ziemlich hart.«
Die Mädchen wechselten einen schnellen Blick. Andrea nickte. Nun gab es keinen Zweifel mehr. Jens war heimlich nach Hagen geritten.
»Werden wir sehr dringend gebraucht, Mutti, oder dürfen wir auch ein bisschen fort?«, fragte Andrea.
»Wollt ihr zum Schwimmen?«, fragte Frau Schubert verständnisvoll. »Na, saust nur los. Ihr habt in der letzten Zeit ja kaum einen Nachmittag für euch gehabt. Nehmt euch ein paar Brote mit, damit ihr nicht verhungert.«
»Danke, Mutti!«
Die Mädchen rannten über den Hof.
Conni schwenkte übermütig ihre Schultasche. »Das hat fein geklappt, was?«
»Ja. Hoffentlich erwischen wir Jens, ehe er Dummheiten machen kann.«
Fünf Minuten später saßen sie schon wieder auf ihren Rädern und fuhren aus dem Hof.

Jens hatte den Turnierplatz erreicht. Er bat einen befreundeten Reiter, sein Pferd zu halten, und machte sich auf, um seine Startnummer zu holen.
Bald darauf wurde er an den Start gerufen, denn die Teilnehmerzahl war nicht groß.
Die ungünstige Zeit hatte es vielen jungen Reitern unmöglich gemacht, rechtzeitig zu erscheinen.
Jens ritt an den Start und wartete auf das Zeichen, den Parcours betreten zu dürfen, als ihm plötzlich heiß wurde. Er hatte sich die Springbahn ja überhaupt nicht angesehen! Wie sollte er wissen, in welcher Reihenfolge die Hindernisse zu springen waren?
An alles hatte er gedacht, nur daran nicht.
Er hätte heulen können vor Wut. Da hatte er sich vorgenommen, es besser zu machen als beim ersten Mal, hatte geschwindelt, geschwänzt, eine gepfefferte Strafe riskiert, wenn die Geschichte herauskam – und das alles für nichts und wieder nichts!
Er wendete sein Pferd und ritt zum Abreiteplatz zurück.
Zwei aufgeregte Stimmen schreckten ihn aus seinen düsteren Gedanken.
»Wie war es? Bist du gesprungen? Hast du gewonnen? Mensch, wenn das Vater erfährt!«
Ungläubig blickte er auf Conni und Andrea hinab, die von zwei Seiten auf ihn einredeten. Langsam schüttelte er den Kopf. So dumm kann doch einer allein gar nicht sein, dachte er wütend und selbstkritisch.
»Ich bin nicht geritten. Ich hatte vergessen, mir die Springbahn anzuschauen.«

»Heiliges Kanonenrohr!«, entfuhr es Andrea. »Du bist ein Kamel, Jens! Die Skizze vom Parcours hängt doch genau neben dem Eintritt. Ein Blick hätte genügt. Außerdem sind die Sprünge nummeriert.« Sie verstand den Bruder nicht.

»Vielleicht ist es ganz gut so«, bemerkte Conni. »Dann braucht Jens wenigstens nicht zu lügen, wenn er heute nach Hause kommt. Er hat tatsächlich am Turnier nicht teilgenommen.«

»Bleibt immer noch das Schwänzen«, meinte Andrea. »Du hast doch geschwänzt, Jens?«

»Ich hab gesagt, ich muss zum Zahnarzt.« Jens war alles gleichgültig.

Verfahren war die Geschichte nun einmal. Da konnten ihm die Mädchen auch nicht helfen.

»Kinder, ich habe eine Idee!« Conni lachte übermütig. »Ich weiß, wie wir Jens aus der Patsche helfen können, ohne zu lügen.«

»Wie denn?«

Zwei erwartungsvolle Augenpaare richteten sich hoffnungsvoll auf Conni.

Sie strahlte. Ihr Einfall war großartig, fand sie.

»Ganz einfach. Jens geht sofort zum Zahnarzt und Andrea reitet Lona nach Hause. Dann hat Jens nicht geschwindelt und niemand braucht etwas davon zu erfahren, dass er doch beim Turnier gewesen ist. Wenn euer Vater wirklich etwas erfährt, kann Jens immer noch sagen, er wäre hinterher hier gewesen.«

»Zum Zahnarzt? Ich? Allein?«, fragte Jens entsetzt.

Andrea grinste. »Was habe ich dir gesagt, Conni?«
Doch so viel sie auch hin und her überlegten – Connis Vorschlag blieb die beste Lösung.
»Ich begleite dich, Jens«, sagte sie aufmunternd. »Wir müssen nur noch einen Arzt finden, der heute Dienst hat. Hoffentlich hast du auch ein Loch, damit die Geschichte glaubhaft wird.«
»Du hast ein sonniges Gemüt!«, schimpfte der Junge, aber er fügte sich in sein Schicksal.
Während sich Andrea auf Lona schwang, nahm er das Rad seiner Schwester und folgte Conni, die bereits vorausgefahren war.
Connis Plan war nicht schlecht. Er hatte nur einen kleinen Fehler. Jens war mit der Stute weggeritten, aber Andrea kam auf ihr zurück.
Da konnten Fragen nicht ausbleiben.

Jens beichtete schließlich doch. Er stand noch so unter dem Eindruck seines ersten selbstständigen Zahnarzt besuches, bei dem ihm gleich zwei Zähne plombiert worden waren, dass ihm selbst der zu erwartende Wutausbruch seines Vaters vergleichsweise harmlos erschien.
Der überstandene Zahnarztbesuch bedeutete ihm beinahe so viel wie eine Siegerschleife.
Herr Schubert hörte sich die verworrene Geschichte ruhig an. Während die drei abwechselnd berichteten, musste er ein Lächeln unterdrücken. Natürlich verstand er den Bengel. Es tat ihm sogar Leid, dass aus dem Start nichts geworden war.

Andererseits freute er sich auch darüber. Nun hatte der Junge wohl endgültig begriffen, dass man ein Springen nicht einfach im Vorbeigehen gewinnen konnte. An dieser Lehre würde er noch lange zu kauen haben.
Außerdem war Jens durch den Besuch beim Zahnarzt ohnehin bestraft genug.
Jens hatte mit allem gerechnet, nur damit nicht, dass er ungeschoren davonkommen würde.
Doch er hatte es schon längst aufgegeben, sich über die Reaktionen der Erwachsenen zu wundern oder einen Sinn darin zu finden.
Aus einer Kleinigkeit wie einer stehen gelassenen Mistforke machten sie ein Drama, aber wenn man wirklich etwas ausgefressen hatte, waren sie sanft und verständnisvoll. Das sollte einer verstehen!
Jens ahnte nicht, wem er es zu verdanken hatte, dass er so glimpflich davongekommen war: Andrea und Conni.
»Über eines habe ich mich nämlich trotz allem gefreut«, sagte Herr Schubert später zu seiner Frau. »Dass die Mädchen so zu dem Jungen gehalten haben. So muss es sein, finde ich.«
Die Mutter stimmte ihm lächelnd zu. »Ich bin nur gespannt, wer der Nächste ist, der etwas ausfrisst«, sagte sie – aber an das, was eine Woche später geschah, dachte sie dabei bestimmt nicht.

Reiterfest

Das Heu war eingebracht. Alle atmeten auf, dass die Schufterei vorüber war. Herr Schubert übernahm wieder den Reitunterricht. Seine Frau behielt nur zwei Kindergruppen, die sie geschickt und liebevoll betreute. Die Kleinen hingen wie die Kletten an ihr.

Gert fand wieder Zeit, mit Heiduck durch den Wald zu streifen. Andrea kümmerte sich um die Erziehung der kleinen Jasmin und Jens trainierte Pauli, der bald abgeholt werden sollte.

Am glücklichsten aber war Alf. Endlich konnte er in die Stadt und den Seesack kaufen, den er sich so wünschte. Seine Reise war in greifbare Nähe gerückt. Er war voller Vorfreude und konnte den Tag der Abreise kaum erwarten.

Am Mittwoch wurde das Programm für Connis Abschiedsfest zusammengestellt. Herr Schubert hatte beschlossen, alle seine Stammreiter einzuladen. Da musste man sich schon etwas einfallen lassen.

An Vorschlägen mangelte es nicht. »Wie wär's mit einem Quiz?«, meinte Andrea. »Der Gewinner bekommt zwei kostenlose Reitstunden.«

»Nicht schlecht«, sagte der Vater. »Denk dir zehn Fragen aus, die etwas mit Pferden zu tun haben.«

»Reiterspiele. Die Reise nach Jerusalem beispielsweise«, schlug Jens vor.

»Korkentauchen!«, rief Conni.

»Ballonstechen!«, kam Andrea in den Sinn.

»Grillen!« Der Einfall kam von Frau Schubert.
»Tanzen!« Das sagte natürlich Gert, der Älteste.
Einer versuchte den anderen zu übertrumpfen.
»Wir müssen aber auch ein zünftige Schaunummer vorreiten!«, meinte Andrea.
»Klar, ich komm als Cowboy«, rief Gert.
»Und ich als Clown!« Jens war begeistert.
»Da brauchst du dich nicht mal zu verkleiden«, spottete Alf gutmütig.
»Weißt du vielleicht was Besseres? Mit klugen Sprüchen ist es nicht getan.«
»Klar.« Alf nickte. »Wie ist es, Andi, wollen wir denen mal zeigen, was reiten ist?«
»Pas de deux?« Andrea hatte sofort begriffen.
»Genau.« Jetzt, da Alf auf den Kahn durfte, ritt er bei dem Fest doppelt so gerne mit!
»Das ist eine blendende Idee«, stimmte Frau Schubert zu. »Wir machen dich ganz fein, Andi. Auf dem Boden liegt noch ein Damensattel und mein altes Reitkleid müsste auch zu finden sein.«
Conni verstand kein Wort. »Was ist denn das? Pa de dö?«, fragte sie verwundert.
»Das kommt aus dem Französischen und bedeutet Paarreiten«, erklärte ihr Herr Schubert. »Es wäre wirklich eine hübsche Einlage. Andrea und Alf schaffen es mit Sicherheit fehlerlos.«
Bald hatten sie ein buntes Programm zusammen. Voller Begeisterung machten sie sich an die Vorbereitungen.
Conni half überall. Niemand erwartete von ihr, dass sie

etwas zur Gestaltung des Abends beisteuerte. Manchmal wusste sie vor Spannung kaum, wie sie die Zeit überstehen sollte. Zweimal war sie nahe daran, alles zu verraten. Aber der Gedanke an Jens' enttäuschtes Gesicht hielt sie zurück.

Je näher der Tag rückte, desto mehr fieberte Conni ihrem ersten öffentlichen Auftreten entgegen. Sie wollte den anderen schon zeigen, dass es ihr nicht an Mut fehlte!

Nur eines trübte ihre Freude. Am Tag nach dem Fest musste sie wieder zurück nach Hause.

Die Mutter hatte telegrafiert, dass sie schon am Sonntag zurück sein würde. Und am Montag wollte sie Conni nach Hause holen.

Am Freitag regnete es in Strömen. Jens und Conni zitterten um die Wette. Wenn das Fest ins Wasser fiel, wann sollte Conni dann ihre Reitkünste vorführen?

Doch die Sorge war unbegründet. Am Samstag schien wieder die Sonne und am Sonntag war das Wetter zwar kühl, der Himmel aber klar.

»Wir haben Glück, dass es nicht so heiß ist«, stellte Alf fest, als sie am Vormittag den Hof noch einmal fegten und die Bänke rund um die Reitbahn aufstellten.

Sie hatten stabile Latten auf Holzklötze genagelt. Das musste den Zuschauern genügen. Es kostete schließlich auch keinen Eintritt.

Um drei Uhr trudelten die ersten Gäste ein. Bald war jeder Sitzplatz besetzt. Es konnte losgehen.

Zuerst durften die Kindergruppen von Frau Schubert zeigen, was sie gelernt hatten. Aufsitzen, abspringen,

traben, galoppieren. Die brave Pummel ließ das Gehopse geduldig über sich ergehen. Die Eltern der Kinder, von denen keines älter als acht Jahre war, waren zu Tränen gerührt, als sie feststellten, mit welchem Eifer die Kinder dabei waren.
Gleich danach kamen Andrea und Alf an die Reihe.
Herr Schubert hatte Lona an die Longe genommen und nun zeigten die Kinder in Vollendung, was die Kleinen in Andeutungen vorgemacht hatten. Sie voltigierten, dass es eine Lust war zuzuschauen. Sie sprangen über das Seil, zeigten den Schulterstand, die Mühle, die Fahne, knieten, standen, sprangen auf und ab wie der Blitz. Begeisterter Applaus belohnte ihre Leistung.
Conni stand am Rande des Platzes und hielt sich krampfhaft am Geländer fest. Wenn es bloß erst so weit wäre! Sie zitterte vor Spannung.
Frau Schubert, die sich mit Jasmin an der Leine zu ihr gesellt hatte, musterte sie besorgt. So erregt hatte sie Conni noch nie gesehen.
Wie im Traum rollte das Programm vor dem Mädchen ab. Sie sah wenig von den Darbietungen der Freunde. Nicht einmal der vollendete Paarritt von Andrea und Alf lenkte sie ab. Auch die fröhlichen Wettkämpfe und Spiele konnten sie nicht fesseln. Endlich gab Jens ihr das lang erwartete Zeichen, dass sie in den Stall kommen sollte, um Lona zu holen. Erleichtert und aufgeregt zugleich verließ sie ihren Platz. Jens drängte sich durch die Zuschauer bis zu seiner Mutter durch.
»Passt du auf, dass jetzt niemand in den Stall geht?«,

flüsterte er aufgeregt. »Conni ist gleich dran. Es soll eine richtige Überraschung werden.«
»Andrea macht jetzt das Quiz, da bleiben alle hier«, beruhigte ihn die Mutter. »Auf Vater gebe ich Acht.«
Zufrieden rannte Jens davon.
Conni hatte schon Sattel und Trense über dem Arm, als der Junge in den Stall schoss.
Sie zuckte zusammen, als er so plötzlich auftauchte. »Du brauchst mir nicht zu helfen«, schnauzte sie. »Geh lieber raus und pass auf, dass niemand kommt.«
Jens zuckte mit den Schultern und ging auf den Hof zurück. Typisch Mädchen! Die hatten es immer gleich mit den Nerven.
Conni wartete, bis er verschwunden war, und ging dann langsam durch den Stall. Vor Lonas Box zögerte sie, blieb aber nicht stehen.
Sie schaute sich vorsichtig um und ging dann weiter bis zu Kobold, der, erfreut über den Besuch, die Nase durch die Gitterstäbe zwängte. Er leckte ihr die Hand.
»Komm, mein Kleiner, ich will dich hübsch machen«, murmelte sie.
»Die anderen denken, ich reite Lona. Nachdem alle gesehen haben, dass Lona ein Kinderpferd ist? Die kann schließlich jeder reiten, das ist keine Kunst. Nein, ich zeige denen da draußen, dass ich mehr kann, als ein Schaukelpferd reiten. Und du wirst mir dabei helfen!«
Sie sattelte den Wallach und zog ihn aus der Box. Auf der Stallgasse saß sie auf und lenkte ihn zur Tür.
Andreas Quiz war ein voller Erfolg. Der Sieger strahlte

vor Freude, als er erfuhr, dass der Gewinn aus zwei Reitstunden bestand.
»Nun haben wir es ja wohl geschafft.« Herr Schubert trat neben seine Frau und beugte sich zu Jasmin hinunter, die begeistert an ihm hochsprang. »Ich glaube, wir können mit dem Erfolg zufrieden sein.«
»Warte einen Moment!« Die Mutter legte ihm rasch die Hand auf den Arm. »Wir haben noch eine kleine Überraschung für dich.«
In diesem Augenblick ritt Conni auf Kobold um die Ecke auf die Reitbahn zu. Bereitwillig wurde ihr Platz gemacht. Trotzdem tänzelte der Wallach erregt, als er die vielen Menschen sah.
Wie erstarrt sah der Reitlehrer auf den Platz. Die Hand seiner Frau krampfte sich um seinen Arm.
»Mein Gott!«, flüsterte sie.
»Ist das eure Überraschung?«, fragte der Reitlehrer.
Die Mutter schüttelte angstvoll den Kopf. »Sie sollte doch Lona reiten«, sagte sie.
Inzwischen war Conni auf den Platz geritten. Trotz ihrer Aufregung hatte sie gesehen, wie Herr Schubert blass geworden war.
Mit einem Schlag war sie ernüchtert. Sie spürte, wie das Pferd unter ihr immer unruhiger wurde.
Es war alles ganz anders, als sie es sich vorhin im Stall ausgemalt hatte. Sie war nicht die tapfere Reiterin, die man bewunderte. Sie war nichts weiter als eine dumme, eingebildete und noch dazu unfähige Anfängerin. Conni fühlte die Tränen in sich aufsteigen. Sie hatte Angst.

Die Zuschauer hatten von alledem nichts gemerkt. Sie sahen nur Conni, von der sie geglaubt hatten, dass sie nicht reiten könne, auf dem besten Pferd des Stalles sitzen. Begeistert klatschten sie der Reiterin zu.
Nun ging alles ganz schnell. Aufgereizt von dem Applaus riss Jasmin sich los und raste mit nachschleppender Leine auf den Platz und auf das Pferd zu. Kobold stieg kerzengerade in die Höhe.
Mit einem Satz war Herr Schubert über die Abgrenzung und mit zwei Sprüngen bei dem Pferd. Im selben Augenblick kam Kobold wieder auf die Beine, fuhr herum und schlug mit beiden Hinterbeinen aus. Stöhnend ging der Reitlehrer zu Boden.
Conni hatte sofort den Halt verloren. Wie ein Bündel Lumpen flog sie durch die Luft und landete hart auf dem Rücken. Für Sekunden blieb ihr die Luft weg, dann öffnete sie die Augen. Alf beugte sich zu ihr hinunter. Aber diesmal war keine Besorgnis in seinen Augen, sondern nur grenzenlose Wut. Er stellte Conni mit einem Ruck auf die Beine und gab ihr zwei schallende Ohrfeigen.
»Du Idiot! Alles machst du einem kaputt! Mach, dass du wegkommst!« Dann kümmerte er sich nicht weiter um das Mädchen, das ihm aus weit aufgerissenen Augen entsetzt nachstarrte.
Gert hatte den Wallach eingefangen.
Frau Schubert kniete neben ihrem Mann, der immer noch bewegungslos im Sand lag.
Jens stand schluchzend neben ihr. Andrea rannte zum Telefon, um den Krankenwagen zu rufen.

Langsam wandte sich Conni ab und drängte sich durch die aufgeregten Zuschauer.
Ich will nach Hause, dachte sie, nach Hause. Nach Hause. Mit gesenktem Kopf ging sie zu ihrem Rad und fuhr wie im Traum davon.

Wir sind doch Freunde

Frau Braun war vor einer Stunde heimgekommen. Die Koffer standen noch unausgepackt im Flur.
Sie war ganz erfüllt von den schönen Tagen an Bord, braun gebrannt und heiter. Ein paar Stunden wollte sie sich noch Ruhe gönnen nach der langen Bahnfahrt, dann aber zog es sie zu Conni.
Sie wollte gerade aufbrechen, da klingelte es.
Conni hatte nur aus Gewohnheit auf die Klingel gedrückt. Aber als die Mutter ihr die Tür öffnete, stürzte sie ihr schluchzend in die Arme. Frau Braun hielt erschrocken das völlig aufgelöste Mädchen im Arm.
»Aber Conni, was ist denn los? Beruhige dich doch, mein Mädchen«, murmelte sie und strich mit der Hand immer wieder über Connis zuckenden Rücken. »Komm erst mal herein, Kind. Komm, komm, es ist ja gut. Hast du was angestellt? Ist etwas Schlimmes geschehen?«
»Ja!«, rief Conni unter Tränen. »Ich habe alles falsch gemacht und nun ist er vielleicht tot!«
»Tot? Wer ist tot? Conni, so rede doch!« Frau Braun war bleich geworden.

»Herr Schubert! Und ich bin schuld, weil ich Kobold geritten habe statt Lona. Ich dachte doch, ich kann es!«
Frau Braun verstand kein Wort von Connis Gestammel. Nur so viel hatte sie begriffen, dass in der Reitschule etwas Schlimmes geschehen war.
Sie zog ihre Tochter in die Wohnung, drückte sie in den nächstbesten Stuhl und griff zum Telefon.
Fünf Minuten später konnte sie aufatmen. »Conni, hör mir zu. Herr Schubert hat sich den rechten Arm gebrochen. Er ist nicht tot.«
»Bestimmt nicht?« Ungläubig sah Conni die Mutter an. Ein Hoffnungsschimmer trat in ihre Augen.
»Ich habe eben mit Alf gesprochen. Sein Vater ist im Krankenhaus geröntgt worden. Es ist wirklich nur ein Bruch.« Sie legte Conni den Arm um die Schulter. »Nun erzähle mir mal der Reihe nach, was passiert ist.«
Langsam und immer wieder von Schluchzen unterbrochen berichtete Conni, was geschehen war.
»Conni, Conni, wie konntest du nur! Wirst du denn nie aufhören zu träumen?«
Conni nickte. Wieder einmal war ihre Phantasie mit ihr durchgegangen, hatte ihr Bilder vorgegaukelt von einem Auftritt, den es gar nicht geben konnte.
»Ich möchte schlafen«, sagte sie und stand auf. Im Bett konnte man sich verkriechen, die Decke über die Ohren ziehen, bis man nichts mehr sah und hörte, bis der Schlaf einen von all dem Schrecklichen befreite.
Frau Braun ließ ihre Tochter gewähren. Sie verstand, dass Conni jetzt allein sein wollte, um mit der ganzen

verfahrenen Geschichte fertig zu werden. Müde und nachdenklich blieb sie in ihrem Sessel sitzen.
Conni wälzte sich im Bett herum. Unaufhörlich kreisten ihre Gedanken um den einen Punkt: Wer sollte nun den Reitlehrer vertreten? Gert trat bald schon seine neue Stellung an, Jens und Andrea waren noch viel zu jung. Frau Schubert? Sie konnte unmöglich die Arbeit ihres Mannes machen und die eigene noch dazu. Und Alf? Alf wollte doch fort. Er würde es ihr nie verzeihen, falls er auf seine Reise verzichten musste. Wenn Schuberts aber einen Reitlehrer einstellen mussten, bedeutete das eine große finanzielle Belastung. Gerade jetzt, wo der Reitbetrieb endlich begann, Gewinn zu bringen.
Conni seufzte abgrundtief. Sie war schuld, sie ganz allein! Nie wieder konnte sie sich auf dem Reiterhof blicken lassen! Die vertrauten Gesichter tauchten vor ihr auf. Wie gut sie alle kannte.
Gert, der bei seinem Spaß am Sticheln doch ernst und zuverlässig war. Alf, aufbrausend, dickköpfig und dabei doch so hilfsbereit und kameradschaftlich. Jens, quirlig, lebhaft und voller dummer Streiche. Andrea, aufgeschlossen und doch Fremden gegenüber zurückhaltend, warmherzig und mitfühlend – Andrea, die beste, die einzige Freundin, die sie jemals gehabt hatte. Nie mehr würde sie Conni anlachen mit ihren braunen Augen.
Erst gegen Morgen schlief Conni ein. Doch schon bald wurde sie wieder geweckt.
»Conni, du hast Besuch.«
Im Türrahmen stand Alf.

Jetzt sagt er mir, dass ich nie wieder auf den Hof kommen darf, schoss es dem Mädchen durch den Sinn, als Alf auch schon sagte: »Ich habe deine Sachen mitgebracht. Ich hoffe, es sind alle.«
»Danke.« Conni saß das Weinen in der Kehle.
»Vater geht es ganz gut.« Alf zog sich einen Stuhl ans Bett. »Es ist ein komplizierter Bruch, aber der Arzt sagt, er bekommt den Arm wieder hin.«
»Das ist schön.« Conni drehte den Kopf zur Wand, um Alf nicht ansehen zu müssen. Was er ihr zu sagen hatte, konnte er ebenso gut ihrem Rücken erzählen.
»Ich soll dich von Andi und Jens grüßen«, fuhr Alf freundlich fort.
»Danke.« Conni blieb einsilbig.
Alf hatte sich vorgenommen, Conni gründlich zappeln zu lassen. Aber nun brachte er es doch nicht fertig.
»Von Mutter auch«, sagte er schnell. »Sie lässt fragen, wann du herüberkommen willst.«
»Was?« Conni glaubte sich verhört zu haben. Sie warf den Kopf herum. »Ich darf wiederkommen?«
»Natürlich.«
»Nach allem, was ich angestellt habe?«
Alf sah sie an, als begreife er nicht. »Aber Conni, wir sind doch Freunde!«
»Ach, Alf, und ich habe gedacht …«
»Du bist und bleibst eben ein Rindvieh«, sagte der Junge lachend. »Wir brauchen dich. Gerade jetzt, wo Vater eine Weile fehlt. Soll ich die ganze Arbeit allein machen?«
»Du? Aber du gehst doch fort.«

»Glaubst du wirklich, ich lasse Mutter mit dem ganzen Kram am Hals sitzen? Nein, Conni, da kennst du mich aber schlecht. Ich habe mit Mutter gesprochen. Ich vertrete Vater, so gut ich kann, solange er nicht einsatzfähig ist. Aber hinterher« – Alfs Augen leuchteten auf –, »hinterher gehe ich an Bord. Im Oktober heuere ich an, aber nicht nur für lumpige sechs Wochen.«

Nun verstand Conni, warum Alf ihr nicht mehr böse war. In einigen Monaten würde er genau das tun dürfen, was er sich immer gewünscht hatte: Er durfte endlich Seemann werden.

»Ich gratuliere dir.« Conni umarmte den verdutzten Jungen und gab ihm einen Kuss. »Ich freue mich!«

»Nicht so feucht, bitte.« Alf machte sich los. »Ich muss heim. Aber vorher musst du mir etwas versprechen.«

»Alles, was du willst.«

»Mach nie wieder solche Dummheiten, Conni! Ich weiß, dass du unbedingt reiten lernen möchtest, aber versuch es bloß nie wieder auf diese Art. Lass das Träumen. Bleib im passenden Sattel.«

Conni sah ihn ernst an. »Ich werde nie wieder davon träumen, einen tolle Reiterin zu sein«, sagte sie feierlich. »Aber ich werde versuchen, eine zu werden.«

384 Seiten Lesespaß

Christa Schütt

Ein prima *Reiterteam*

Das Trio mit dem Pferdetick

Nina, Heidrun und Sarah suchen nach einer neuen Unterkunft für ihre Pferde und starten das Abenteuer Offenstall. Das bedeutet eine Menge Arbeit – dafür Freiheit pur.

Das prima Team vom Pferdehof

Kurz vor der Heuernte hat Uwe, der Inhaber des Kastanienhofes, einen Unfall und muss ins Krankenhaus. Jule bietet sich als Helferin an – schließlich steht ihre Stute Fjala dort. Jeder Tag bringt Überraschungen und stellt das Team vor neue Aufgaben.

Jedes Pferd braucht einen Namen

Ein Umzug aufs Land? Ja super, dann bekommen Heike und Gesa endlich ein eigenes Pony. Felix soll das Pony heißen, denn Felix heißt: „der Glückliche" ...
Ob sich Heikes und Gesas größter Wunsch bald erfüllt?

384 Seiten. Ab 11 Jahren. ISBN 3-401-45096-4

ENSSLIN